읽고 보고 함께 만드는 지우개 에세이

행복을 파는
지우개 잡화점

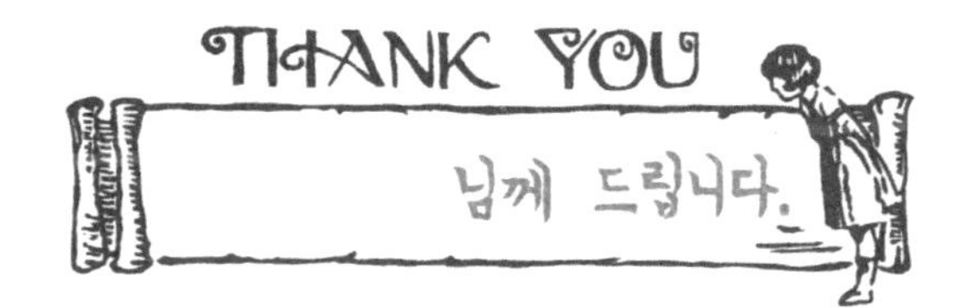

행복을 파는
지우개 잡화점

초판 1쇄 인쇄 2020년 7월 3일
초판 1쇄 발행 2020년 7월 10일

지은이 박미라
발행인 김석종
편집인 박문규
편 집 김영남
교 정 이지순
디자인 송근정
마케팅 김광영 02-3701-1325
인쇄 및 제본 OK P&C
발행처 ㈜경향신문사 출판등록 1961년 11월 20일(등록번호 제2-79호)
주 소 서울시 중구 정동길 3(정동 22) **대표전화** 02-3701-1114

값 16,000원
ISBN : 979-11-88940-07-3 (03810)

이 도서의 국립중앙도서관 출판예정도서목록(CIP)은 서지정보유통지원시스템 홈페이지(http://seoji.nl.go.kr)와 국가자료종합목록 구축시스템(http://kolis-net.nl.go.kr)에서 이용하실 수 있습니다. (CIP제어번호 : CIP2020026909)

읽고 보고 함께 만드는 지우개 에세이

행복을 파는 지우개 잡화점

글 · 일러스트 **박미라**

경향신문

contents

낡았거나 애틋한

그래, 나 갱년기다

지우개똥만큼 오종종한 수다

부록

작가의 말

지우개를 처음 파기 시작한 건 2년 전 여름입니다. 좋아하는 세 여자에게 드릴 작은 선물을 포장하면서 문득 제 이름을 새겨 넣고 싶은 생각이 들었습니다. 그녀들과는 ○○ 엄마로 부르는 사이였거든요. 마침 책상 구석에서 귀퉁이가 다 닳은 꼬질꼬질한 지우개 하나를 발견하고는 되는대로 이름을 파고 사인펜 잉크를 발라 찍어 보았습니다. 미라. 못생겼는데 귀엽고 가슴이 뛸 정도로 사랑스럽지 뭐예요. 순간 한눈에 반해 사랑에 빠져 버렸습니다.

돌아가지 않는 머리와 둔해진 손끝을 깨워 가며 지우개 파기에 열중했더니 어느 날 제가 지우개로 이야기를 지어내고 있었습니다. 지우개가 저를 이야기가 있는 곳으로 이끌었다고 할까요.

어릴 때 생각하며 그림일기도 만들어 보고 오르락내리락 미쳐 날뛰는 제 일상의 순간을 낚아 지우개툰도 만들었습니다. 어쩌다 보니 에세이를 장식하는 일러스트까지 파고 있습니다. 지우개와 어제보다 오늘 더 다정한 사이가 되어 가고 있네요.

글을 쓰면서 실은 때때로 고민에 빠졌습니다. 땟국물이 잘잘 흐르던 제 어린 시절 얘기나 갱년기에 접어들어서 김빠지는 솥뚜껑처럼 들썩거리는 평범하기 짝이 없는 제 이야기가 도대체 무슨 감동이 있을까, 키우는 나무 아래 쪼그려 앉아 궁상떠는 얘기를 좋아하는 분들이 있기나 할까. 추억 팔이 같아 민망하고 마음이 오그라들 때가 더러 있었습니다.

그럴 때마다 제가 그저 믿고 덤빌 수 있었던 건 지우개에 대한 믿음 때문입니다. 누구에게나 어린 시절 지우개에 대한 기억 하나쯤은 있잖아요. 지우개 따먹기, 지우개똥 길게 말기 시합, 신경질 날 때 괜히 지우개 자르며 화 풀어 보기, 냄새 좋은 지우개를 꽉 깨물어 보기… 등요. 저는 좋아하는 남자애 지우개를 슬그머니 주워서 간직했던 기억이 납니다.

언뜻 우리 곁에 늘 있으니 별거 아닌 듯하지만 실은 지우개가 있어서 우리는 실수를 맘 놓고 하며, 유년 시절 추억 하나 저마다 가슴에 새길 수 있습니다. 말하자면 그 조그만 지우개 앞에서 우리는 하나같이 평등하다는 생각이 듭니다.

이 책에 실린 모든 그림은 지우개를 직접 파서 찍은 것들입니다. 그림을 딱히 배운 적이 없어서 그저 마음 가는 대로 그리고 파고 찍었습니다. 맨 뒤에는 지우개를 파는 요령과 도안을 만들어 실었습니다. 실력이 부족함에도 불구하고 없는 용기를 탈탈 끌어모아 작업했습니다.

저는 요즘 누군가에게 감사한 마음을 표현할 때 이렇게 말하곤 합니다.

"지우개만큼이나 귀여우시네요."

지우개로 이런 것도 하냐며 제 원고를 어여삐 여겨 주신 경향신문 오광수 국장님과 김영남 부장님께 꼭 이 말씀을 드리고 싶네요. 기대 이상으로 책을 디자인해 주신 송근정 님도, 들어가 살고 싶은 잡화점(표지)을 만들어 주신 안승희 님도, 도움을 주신 박용선 님도 지우개만큼이나 고마운 분들입니다. 제 지우개들에게 창을 열어 바람을 쐬게 해 주신 분들이랍니다. 본인이 지우개만도 못하다며 구시렁구시렁하면서도 지우개 가루를 치워 주는 남편과 첫 독자로 "엄마 멋져"라는 주술 같은 멘트를 퍼부어 준 아들에게 감사함을 전합니다.

혹시 오다가다 저를 만나신다면 저에게 붙들려 지우개 파기가 얼마나 재밌는지, 지우개는 어떻게 파는지 따위의 침이 튀는 수다를 들으실 수도 있습니다. 녀석은 아주 너그럽고 만만하며 상큼한 결과물을 선사하거든요.

쓸쓸한 중년 여인에게 찾아와 행복을 파도록 해 주었으니, 지금 적적하고 친구가 필요한 분이시라면 집 안 어딘가에 굴러다닐 지우개 하나 찾아보시길 바랍니다. 녀석이 찡긋 눈인사를 건넬지도 모르니까요.

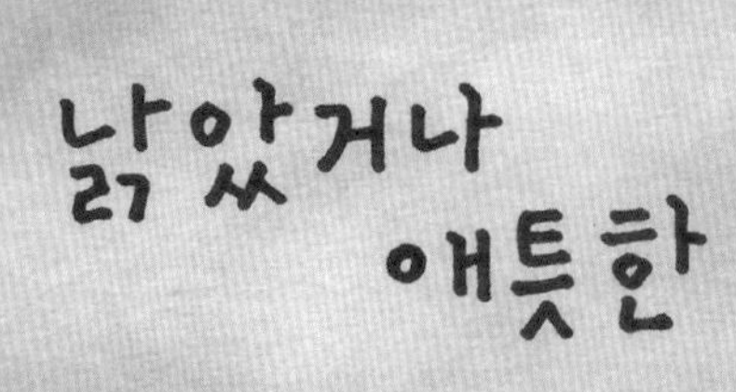
낡았거나
애틋한

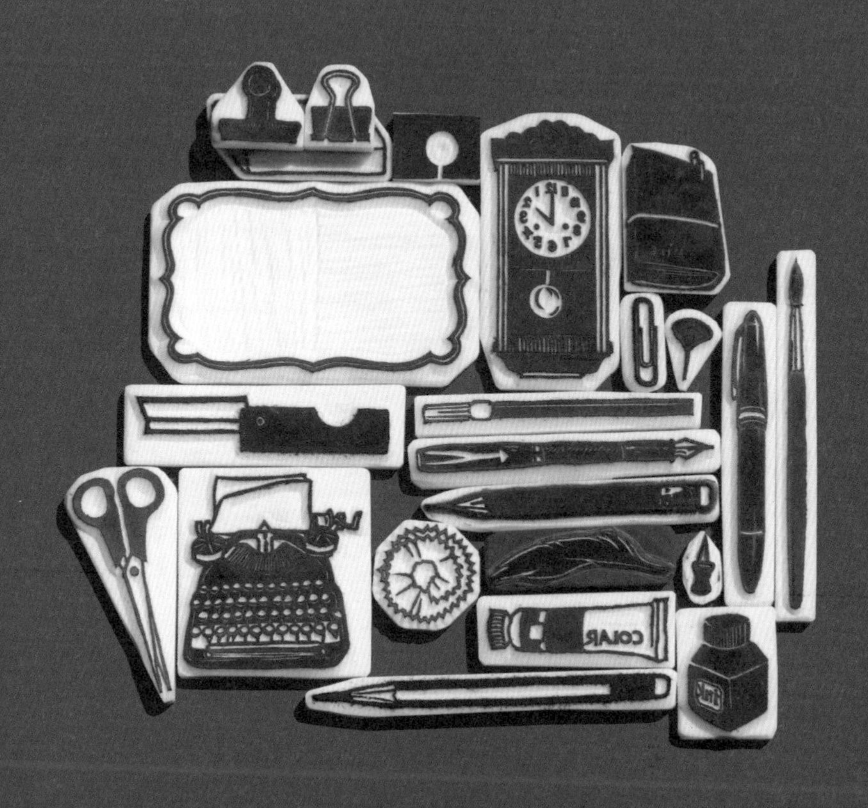
COLAR

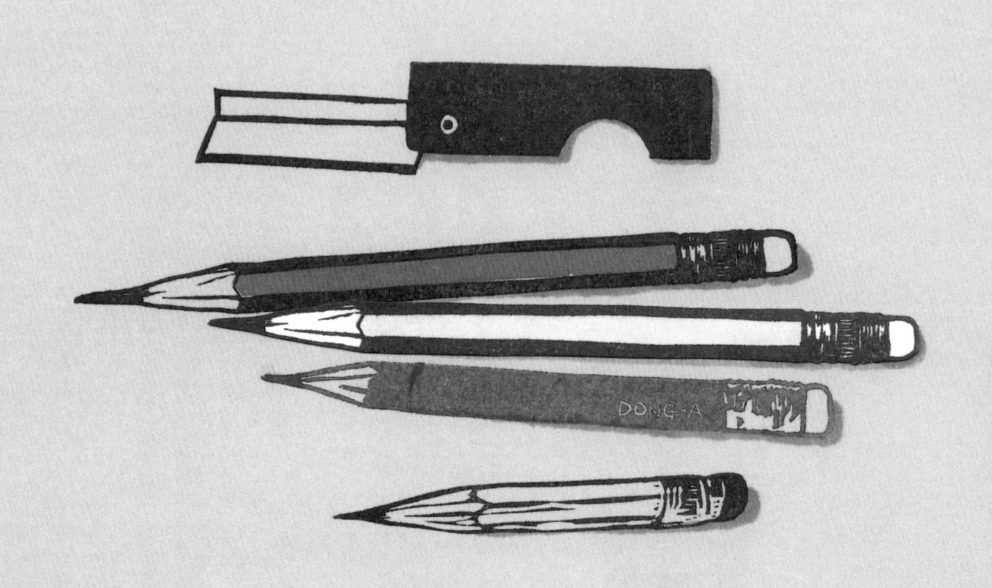
DONG-A

연필의 시간

오래된 것이라면 일단 침부터 흘리고 보는 나를 위해 남편이 생일 선물을 준비했다. "이거 먹고 떨어져"라며 무심하게 건네준 녹슨 연필깎이 두 개. 먼 여행 끝에 내 손에 닿은, 이베이에서 샀다는 중고 연필깎이는 겉보기와 달리 톱날이 시퍼렇게 살아서 여전히 잘 돌아갔다. 누가 어디서 언제 쓰던 것인지 전혀 알 수 없어서 더 매력 있는 빈티지. 좋아하는 연필들을 한 움큼 집어다 스스슥 슥슥 돌려 깎으니 몇 개의 기억이 딸려 온다.

낫 놓고 기역 자도 모르던 완전무결 무식한 어린이였던 나는 초등학교에 입학해 한글을 처음 배웠는데 어찌나 재밌던지 집에 오자마자 바로 앉아서 글씨라는 걸 쓰곤 했다. 아니, 그랬다고 해야겠다. 마침, 글씨를 쓰고 싶은 나의 열망을 채우고도 남을 만큼 숙제는 늘 지독하게 많았다. 공책에 수십 장씩 써 가기를 밥 먹듯 했는데 네모 칸에서 자음 모음이 삐져 나갈까 봐 눈을 부릅뜨고 연필을 꽉 쥐곤 했다. 아마도 공책에 있던 네모 칸은 '이 안에 똑바로 써!'라며 어린 나를 옥죄고 채찍질했을 것이다.

거의 중노동에 가까운 어마어마한 양의 숙제와 나를 감시하듯 노려보는 네모 칸 때문에 연필을 사정없이 꽉 쥐던 습관은 지금까지 흔적으로 남아 중지에 굳은살로 박여 있다. 연필과 나의 애증의 흔적이랄까. 그만큼 연필 소모도 많았는데 내 연필의 기억 속에 언제나 엄마가 얌전하게 앉아 있다.

일곱 살 때 아버지가 덜컥 과수원을 사는 바람에 일곱 식구가 옹졸한 짐 보따리를 들고 다 스러져 가는 시골 외딴집으로 이사를 갔다. 농사에 경험이 없던 엄마가 과수원을 꾸려 가느라 꾸덕꾸덕 청춘을 바치고 있던 그때, 엄마는 아무리 바빠도 내 연필은 반드시 깎아 주었다. 일하던 손에 묻은 흙을 털고 신문지를 깐 뒤 필통을 열어 연필을 모조리 꺼내 신중하게 깎던 과정은 일종의 의식처럼 간결하며 놀라웠다. 엄마는 짧고 고르게 깎는 스타일이었다. 매초롬하게 깎아 사분히 모아 둔 연필을 보면 그렇게 뿌듯할 수가 없었다. 어쩌면 어린 딸의 연필을 깎아 주며 엄마는 노동에서 잠시 놓여나 꿀 같은 휴식을 가졌는지도 모르겠다.

딸에게 깎아 준 연필처럼 곱던 엄마는 이제 곁에 없다. 아릿한 나무 냄새와 연필심을 깎던 소리만 기억의 끝에 매달려 있다. 아들이 샤프를 쓰기 전까지 나도 연필을 깎아 주곤 했다. 요즘도 가끔 연필을 찬찬히 깎곤 하는데 내게 연필의 쓸모는 쓰는 것이 아니라 깎는 것이다.

오른손 중지의 굳은살이 날로 커지던 초등학교 5학년 때 도시에서 한 아이가 전학을 왔다. 이름은 연희. 5년 동안 1등을 놓치지 않던 나를 그 아이가 오자마자 이겨 버렸다. 반이 딱 하나뿐인 시골 초등학교에서 나름대로 날고뛰며 기고만장해 있던 내게 벼락이 떨어진 일대 사건이었다. 2등이라니… 그런 등수가 있었던가. 가슴이 두근거려 미칠 것만 같던 나는 전학 온 애를 요리조리 관찰했다.

일종의 상대 파악 전술이랄까. 나보다 딱히 고무줄놀이를 잘하지도 않았고 노래를 잘 부르지도 못했으며 글짓기를 잘하지도 않았다. 거기까진 좋았다. 그런데 내 눈에 그 아이의 글씨가 눈에 들어오고 말았다. 열두 살 인생 동안 한 번도 보지 못했던 가지런한 글씨. 손으로 썼다고 믿을 수 없는 완벽한 글씨. 패배의 원인은 글씨라는 이상한 결론에 사로잡혀 버렸다. 첫사랑처럼 찾아온 내 인생 첫 질투심.

나는 그 아이가 쓰는 연필 종류를 살피고 연필 깎은 모양까지 눈여겨보며 따라 하기 시작했다. 그때까지 내가 주로 쓰던 연필은 흑연이 묻어날 정도로 진한 연필. 아마도 2B연필이 아니었을까. 그 아이는 단단하고 흐린 4H연필을 쓰고 있었다. 연필 깎는 모양도 나와 아주 달라 깎인 나무도 깎인 심도 아주 긴, 말하자면 연필 이미지가 모딜리아니의 초상화 속 잔 에비테른 같은 묘한 우아함이 있었다. 도시 애들은 저렇게 깎나, 공연히 기가 죽었다. 한동안 그 아이를 따라 단단하고 흐린 4H연필로 바꾸고 눌러쓰면서 중지는 휘고 굳은살은 언덕처럼 더 솟아올랐다.

그렇게 따라 하며 조금씩 친해져 연희 집에 처음 놀러 간 날, 툇마루에 앉아 연필을 깎고 있던 그 애의 엄마를 보았다. 얼굴이 하얗고 도시 냄새를 풍기는 곱상한 아주머니가 다소곳하게 연희의 연필을 깎고 있던 모습이었다. '그랬구나, 연희도 엄마가 연필을 깎아 주는구나.' 이상하게 마음이 놓이고 평화로웠던 38년 전의 나른한 기억.

연희와 연필의 기억은 거기서 끝난다. 어린 마음에 '그래, 내가 졌다' 마음을 내려놓은 걸까. 예나 지금이나 나는 기질적으로 포기가 빠르므로. 아니면 '너나 나나 연필은 엄마가 깎아 주니 쌤쌤이다'

뭐 그런 생각을 했을까. 어찌 됐건 열두 살 아이 나름의 셈법이 있었을 것이다.

내 엄마가 깎아 준 연필과 연희의 엄마가 깎아 준 모양 다른 연필. 마치 그녀들의 다른 삶처럼. 두 연필의 이미지가 기억 속에 나란히 놓여 있다. 연희도 결혼해 아이를 낳았다면 엘레강스한 스타일로 연필을 깎아 주는 엄마가 되지 않았을까 문득 생각이 든다.

헤밍웨이는 연필이 두 자루 정도는 닳아 없어져야 하루 일을 충분히 한 것 같다고 했다. 지금이라면 어림도 없을 어려운 일. 그 일을 어린 나는 해냈을 것이다. 고단한 엄마가 사부작거리며 깎아 주는 소리를 들으며 꼬마가 손에 움켜쥐고 있던 그 연필은 어느 작가의 연필 못지않게 귀하다. 작은 손에 꼭 그러잡고 자분자분 눌러쓰던 귀여운 나의 '연필의 시간'에 다녀오고 나니 허기지듯 연필이 깎고 싶어진다.

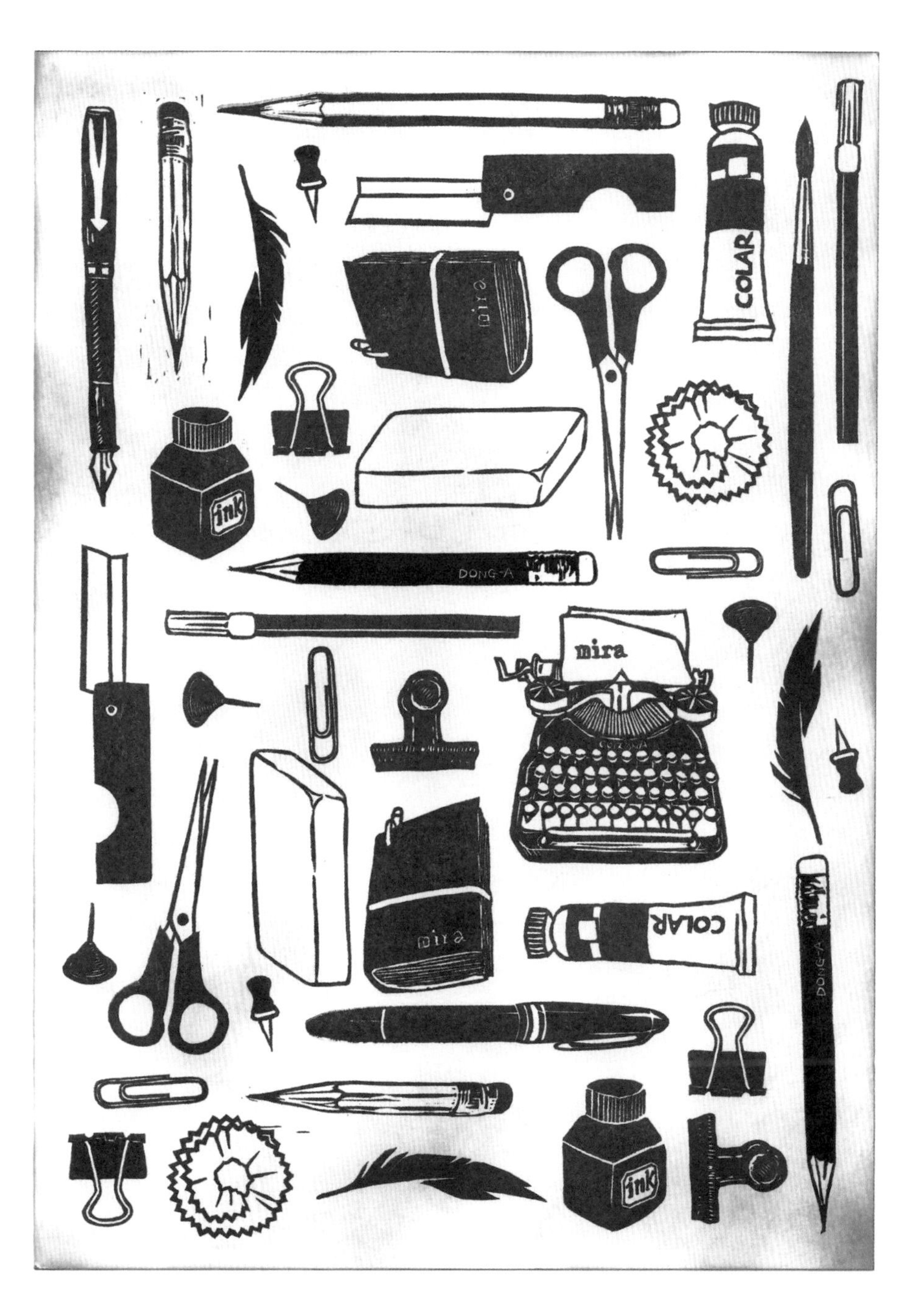

COLAR
DONG-A
ink
mira
COLAR
DONG-A
ink

여름비 추억

스무 살 때 나는 지방 소도시에 있는 작은 입시학원에서 재수를 하고 있었다. 사는 곳은 도시 가장자리 모퉁이 동네, 그 안에서도 초라한 동이 두 개뿐인 빌라형 작은 아파트. 말하자면 나를 둘러싼 것들이 모두 작게 느껴지던 시절이었다. 대학 다니는 친구들을 보며 아무렇지 않은 척하느라 마음도 한없이 작아지곤 했다.

그렇다 해도 마음 둘 데가 아주 없지는 않았다. 눈인사만 하고 지내던 같은 동에 사는 자그마한 한 남자. 어머니가 술과 음식을 같이 파는 작은 식당을 했다. 어쩌자고 그의 이목구비는 그리 조화롭게 생겼는지 그의 집을 지나칠 때마다 눈이 한쪽으로 쏠려 넙치가 되곤 했다. 아무튼 그땐 가슴속에서 재수생이라는 열등감과 옆집 남자에 대한 호기심과 야릇함이 난리를 쳤고 여기에 호르몬이 작동했는지 여드름도 덩달아 막 솟아오르는 중이었다.

비가 마구 쏟아지던 여름 어느 날, 그 자그마한 남자가 같은 버스에 타고 있었다. 모의고사를 치른 날이었는지 학원을 땡땡이친 날이었는지 평소라면 학원에서 새우등을 하고 졸고 있어야 할 초저녁에 학원을 나선 참이었다.

우산이 없던 나는 버스에서 내려 비를 맞으며 집까지 걸어갔다. 여느 때 같았으면 사정없이 경박하게 뛰었을 것을… 어쩐지 내 뒤에 오고 있는 그를 의식하니 뛰는 건 잔망스러워 보일 것 같았다. 어떻게 걸어야 비 맞는 분위기 있는 여자로 보일 것인가 심각하게 고민하는 찰나, 그의 우산이 훅 들어왔다.

"같이 써요."

강동원의 우산도 아니고 정봉이의 우산도 아닌 그 자그마한 남자의 우산. 나는 너무 놀라 어리바리 우물쭈물 대답을 흐리고 말았다. 가슴이 요동쳤겠지, 아마도. 비록 짧은 길이었지만 우리는 그저 머쓱하게 딱히 대화를 나누지 않은 채 집까지 온 듯하다. 얘기를 나눌 건더기도 없었을뿐더러 남자와 둘이 우산 속에 있다는 사실만으로도 불붙은 뇌관이 타들어 가는 중이었다. 그에게 정신없이 인사하고 도망치듯 집에 들어간 나는 물기를 닦으러 화장실에 들어가 그만 "꺄아아아악" 소리를 지르고 말았다. 스무 살 여자아이의 세상은 무너져 내렸다.

코 한가운데 정중앙에 떡하니 솟아오른 대빵만 한 여드름. 여드름이라고 하기엔 그 사이즈가 엄청나 종기에 가까웠다. 과장하면 어린애 주먹만 했다. 학원에서 그날 애들이 마귀할멈 코라고 놀려 댔던 기억이 그제야 번뜩 났다. 어쩐지 그가 자꾸 내 옆모습을 쳐다보며 웃더라니. 하필 그날 비가 왔고 하필 그날 학원에서 토꼈고 하필 그날 내 콧등에 초대형 여드름이 솟아올랐고. 얼굴에 자리도 많은데 그 죽일 놈의 여드름은 왜 콧등에 자리를 잡았단 말인가. '이 부끄러움은 죽어야 끝나겠구나'라고 생각했다.

모든 게 나를 죽고 싶게 만들었던 그 여름날. 말라깽이 스무 살 나는 어깨를 들썩이며 한참 울었더랬다. 되는 거 없고 지질하고 콧등에 신경질적으로 부풀어 오른 여드름 때문에. 너절하고 처진 내 마음을 꼭 닮은 그놈의 여름비 때문에.

그런데 이상하게도 그때의 우산 속은 내 마음 같지 않게 크고 넓었다는 생각이 든다. 그가 씌워 준 우산 속에서 나는 잠시 설레었고 나를 위해 내준 우산 반쪽만큼의 자리가 따스하게 내 마음을 물들였을지도 모른다. 그간 참고 있던 빗장을 열어 펑펑 울음을 쏟아 내도록 도와준 그의 작은 호의. 돌이켜 보면 얼마나 사랑스러운 스무 살의 풍경인가. 어스름하게 비 내리던 그날의 기억이 이따금 나를 두

드린다.

때로 혼자 쓰기에 우산은 넓다는 생각이 든다. 두 사람이 우산 하나를 쓰고 양쪽의 어깨가 조금씩 젖어 가는 건 큰비를 혼자 피하는 것보다 아름답다. 비 오는 날, 누군가 서글픈 어깨를 하고 쓸쓸한 등을 웅크린 채 우산도 없이 걸어가고 있다면, 그날의 나처럼 말이다. 달려가 불쑥 말하고 싶다.

"같이 써요, 우리."

지난해 6개월간 이어진 호주 산불로
10억 마리 이상의 동물이 목숨을 잃었다
뜨거워진 지구가 울고 있다
마음속으로 비구름을 보낸다

지우개툰

낡은 재봉틀

천안에 살고 있는 큰언니가 내게 줄 선물이 있다며 내려오라고 전화를 했다. 바쁘다며 도도하게 거절할 상황이 아니었다. 언니가 내게 준다는 선물은 오래된 재봉틀. 넉넉잡아 75년은 족히 되었을 거다. 바로 언니의 시어머니께서 시집올 때 가져오신 혼수였다. 그 귀한 걸 날 왜 주냐고 묻자 언니가 덤덤하게 대답했다.

"보고 있는 것도 맘이 편치 않아. 너 오래된 거 좋아하잖아."

언니의 마음 언저리를 눈치채고 부랴부랴 받아 와 보니 재봉틀 상태가 놀라울 정도로 단정했다. 도무지 70년이 훌쩍 넘은 것이라곤 믿기지 않을 만큼 여전히 제 구실을 해내고 있었고 방금 쓰던 것처럼 바늘이며 실이 얌전히 꽂혀 있었다. 노루발에 낀 조악한 삼베 쪼가리도 고스란했다. 언니 말로는 시어머니가 치매 오기 전까지 이것저것 바느질을 했더란다. 거의 현역이라 할 만했다.

언니는 스물일곱에 결혼해 30년을 시부모님과 함께 살았다. 그

긴 세월 얼마나 많은 사연들이 있겠는가. 1926년생 예애 여사님. 짱짱한 성정에 언니 마음을 무던히 아프게 하셨던 분. 그분이 재작년 요맘때 요양원으로 터를 옮기셨다.

오래전, 언니를 만나러 이따금 찾아갔던 나는 발길을 뚝 끊은 일이 있다. 언니가 싸 준 멸치볶음이랑 겉절이 한 봉지를 들고 나가는 내 뒤에 대고 무심히 던진 사돈어른의 한마디 때문이었다.

"동생년들 다 퍼 주네."

그 한마디가 내 등에 꽂혀 좀체 부러지지 않는 화살처럼 박혀 버리고 말았다. 수치심보다는 언니의 삶이 쓰리고 애잔해 견딜 수 없었다. 할 수만 있다면 언니의 손목을 잡아채 어디론가 사라지고 싶었다. 그러나 세월은 맑고 쩌렁쩌렁하던 노인의 힘도 늦가을 낙엽처럼 스러지게 하던가.

치매가 온 뒤로는 조카를 도둑으로 몰거나 거친 욕을 마구 쏟아내기도 하고 감당할 수 없는 행동들을 하셨다. 결국 언니는 남몰래 공황장애 약을 삼켜야 했다. 언니의 몸도 마음도 무너지기 직전, 사돈어른을 집 근처 요양원에 모시던 날 나는 그저 그동안 잘했노라고 언니를 토닥였다.

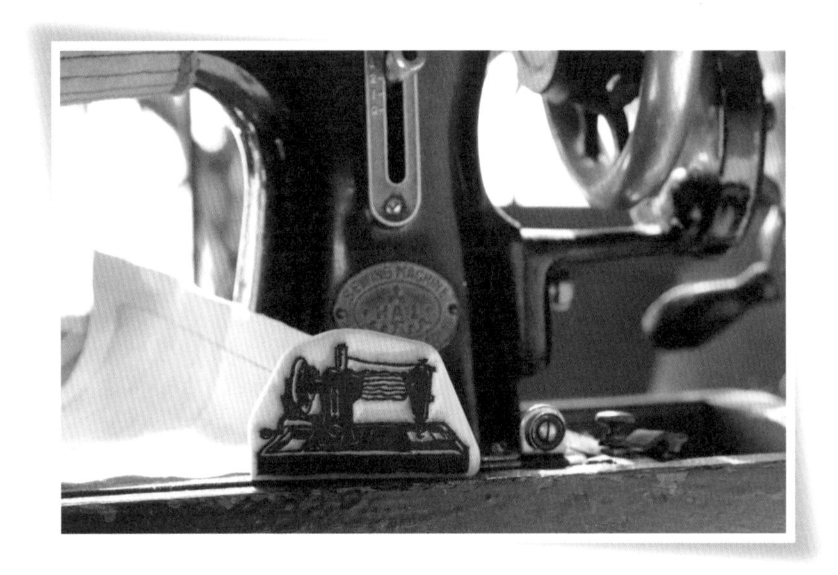

그분은 지금 뉘엿뉘엿 어딘가로 떠나고 있다. 그녀와 언니가 함께한 애증의 세월이 저 뒤에서 저물고 있다. 한때 오 남매의 바짓단을 줄이고 고무줄 바지를 만들며 악착같이 살아 내던 사돈어른의 흔적이 묻은 재봉틀을 보며 복잡한 마음이 들었다.

그 재봉틀이 내게 온 이상, 나는 손보고 기름칠해서 계속 쓸 생각이다. 사돈어른의 얼마 남지 않은 생도, 애달팠던 언니의 인생도, 곧 오십을 맞을 내 인생도 재봉틀처럼 어쨌거나 굴러가야 하니까. 멈출 수 없는 거니까 말이다. 일흔 넘은 재봉틀을 가만히 쓰다듬어 본다.

소녀 되련님의 성함을 여쭈어도 될까요
내 이름은 퍽 기오
강하늘안재홍박보검 류준열박서준이외다

지우개론

Latte is horse~

나 때는 말이야

요즘 젊은 세대들의 언어유희가 참 재밌다. 직장 상사나 부모님을 포함한 주변 어른들의 언어 습관 중 하나인 "나 때는 말이야"를 딱 골라내 수면 위에 띄워 놓았다. 심지어 영어로 latte is horse라니. 기발하고 깜찍해서 나도 요즘 입에 달고 있다.

인류가 존재해 온 이래 세대 차이는 늘 있어 왔던 거니 아이들 입에서 그런 말이 나온다고 노여워할 것 없다. 그렇다면 정말 꼰대. 누구나 한때 윗세대의 퀴퀴한 잔소리에 진저리 쳐 본 경험은 있는 거니까.

나 때는 야근을 밥 먹듯 했다거나 나 때는 정시 퇴근은 상상도 못했다거나 나 때는 윗사람에게 따져 묻는 말대꾸는 사표감이었다는 등의 시대착오적인 말투를 꼬집고 풍자하는 유행어일 것이다. 비슷한 맥락으로 틀딱, 꼰대, 청학동, 구리다, 탑골…들이 떠돌아다닌다. 나이와 상관없이 만약 누군가 고리타분한 잔소리를 하면 이렇게 말한다나. "당분간 틀니 압수."

대략 부정적인 이 표현이 나는 묘하게 끌린다. “나 때는 말이야, latte is horse.”

20대 아들과 조카들에게 나의 청춘 시절 이야기를 들려주려면 이 말을 쓸 수밖에 없다. 그들과 나의 경험을 공유하려면, 그들에게 휘청거리고 아팠던 나의 시절을 들려주려면 문을 열 듯 시작할 수밖에 없는 말, ‘나 때는 말이야’.

연애 때문에 이런저런 고민을 하는 아들에게 나는 남편과 나의 연애 시절 이야기를 들려준다. 얼마나 지질한 커플이었는지 소상히 얘기한다. 처음 손잡던 날 긴장성 다한증인 남친의 손에서 수도가 터진 찝찔한 이야기, 남친이 나의 삐삐 비번을 알아내 도청했던 무서운 이야기, 둘 다 돈이 없어서 청국장 하나만 시켜 놓고 먹던 궁상맞은 이야기, 남친의 책꽂이에서 그의 옛 애인이 선물한 책(맨 앞 장에 ‘너의 바다로 가고 싶다’라고 씌어 있던)을 발견해 노발대발 갈가리 찢어 버린 서스펜스 스릴러 이야기, 헤어짐과 다시 만남을 반복하며 남친의 무릎 연골이 닳아 버렸다는 눈물 어린 스토리 등등 차마 들어 주기 힘든 어수룩하고 서툰 에피소드들이다. 드라마틱하고 감미로운 로맨스는 저 세상 이야기다.

그런데 아들은 엄마 아빠의 끕끕한 연애사를 들으며 몹시 좋아 한다. 엄마 아빠가 나보다 연애 더 못했구나, 안심하는 눈치다. 간혹 내 이야기 속에서 뭘 얻어 가는 것 같기도 한데 아마도 연애 중 절대 하지 말아야 할 본보기가 그 안에 있나 보다.

수능을 바닥 치고 실패감에 젖어 있던 조카에게 들려준 '나 때' 이야기도 이만저만 구린 게 아니다. 언니 옷 훔쳐 입고 성인 영화 보러 간 이야기, 학력고사 망치고 재수학원 애들이랑 좀비처럼 싸돌아 다니던 얘기부터 지방에서 올라온 유일한 여학생이던 내가 대학 생활을 얼마나 비루하고 자신 없게 버텨 냈는지 들려주었다. 자신감은 땅바닥인데 자존심은 뾰족하게 솟아올라 잃어버린 관계는 얼마나 많은지 얘기해 줬다.

반지하 월세 20만 원을 감당 못해 헐떡이던 요령 없던 나, 경제 관념도 없고 미래도 준비하지 않았던 20대의 나를, 그 부끄러운 초상을 숨기지 않는다. 스스로 아끼고 돌보지 않았던 별 볼 일 없던 나의 20대. 그래도 용케 행복을 찾아내 살아온 시간들.

요즘도 종종 들려주는 이모의 '응답하라 1994'쯤 되는 오래된 이야기를 들으며 조카는 웃고 울다가 심지어 "이모 짱 힘들었겠다"

라는 위로를 건넨다. 이건 뭐지, 상황이 뒤집혀 버리는 아이러니.

나는 딱히 아들에게 이래라저래라 연애의 기술을 조언하지 않는다. 아들은 자연스럽게 엄마의 25년 전 사랑 이야기를 들으며 자신의 길을 더듬어 간다. 그때 나는 실패하고 망했다고 생각했던 러브스토리의 결과를 아들은 너무나 잘 알고 있다. 온도 조절을 못하고 죽기 살기로 처절했던 그 남녀는 지금 누구보다 살갑게 아옹다옹 살고 있는 제 엄마 아빠가 아닌가.

조카는 이모의 청춘 시절을 공유하면서 어쩌면 자신의 상황이 그보단 낫거나 혹은 이모보다 구질구질할 수는 없으니 썩 나쁘지 않다고 여길지 모른다. 결국 자신은 언젠가 이모처럼 행복한 얼굴을 한 여인이 될 것이라는 걸 내다보고 있을지도 모르겠다.

청년들에게 이렇다 할 인생의 답을 말해 줄 수 없을 때 나는 '나 때' 이야기를 즐겨 한다. 가르치고 싶은 생각은 없으나 보여 주고 들려주고픈 마음. 그들과 나의 시간의 경계를 와르르 무너뜨리는 순간 짜릿하기까지 하다. 내가 그때 너희들만큼만 현명했다면, 너희들만큼만 용기 있었다면… 지금의 너희들은 오래전 내가 되고 싶던 청년이라는 걸 그들에게 고백하는 시간인 것이다.

아이들은 너그러워서 기꺼이 내 이야기를 들어 준다. 가을만 되면 황지우 시집이랑 각종 문예지를 옆구리에 낀 채 긴 바바리코트를 질질 끌며 학교 앞 은행잎을 죄다 쓸고 다니던 아담한 이모부의 이야기를 구리지 않다고 말해 주는 조카에게 고마움을 전한다.

사실, 조카는 그런 이야기가 몹시 '힙'하다고 했다. 요즘은 레트로가 먹힌다나. 이왕 이렇게 된 거 '힙'하게 '나 때는 말이야'를 쭉 이어 가야겠다. 어쩌다 내 못난 이야기 속에서 반짝이는 사금만 한 진실 하나 건져 가기를 기대하며.

동백꽃 필 무렵 사랑이 불시착했던
드라마는 떠나갔으나 감칠맛 나는 말맛은 남아
지역 대통합을 실천하고 있다

결국 내가 고른 남자는…

(정답은 32쪽에)

어떤 꿈은

해가 더할수록 눈물이 많아진다. 갱년기가 되면 난데없이 울컥해서 툭하면 눈물이 난다는데 요즘 딱 그렇다. 사랑보다 기억이 더 슬프다는 노랫말처럼 어떤 기억들은 나를 슬픔 항아리 속에 가두곤 한다. 그 항아리 속에서 웅크리고 있다 보면 내 몸이 주황색으로 물드는 것 같은 생각이 드는데, 아무래도 내가 생각하는 슬픔의 색깔이 주황인가 보다.

어떤 꿈을 꾼 날 특히 슬프다. 과수원에서 이리 뛰고 저리 뛰던 어린 시절 나를 꿈에서 만난 날 그렇다. 참 아이러니하다. 그땐 내 인생에서 가장 빛나던 시절인데 말이다. 실패하거나 가난했거나 이별했던 수많은 기억보다 오히려 세상모르게 행복했던 시절의 나를 만나면 슬퍼서 견딜 수가 없다.

일곱 살부터 열네 살까지 살다 온 과수원. 야트막한 산 아래 외딴

집에 살았던 나는 언니들이 시내 중고등학교에 가고 나면 꼬맹이 동생이랑 하루 종일 과수원을 휘젓고 다녔다. 우리는 늘 때가 꼬질꼬질했다. 남동생은 내 꽁무니를 따라 천둥벌거숭이로 뛰어다녔고 나는 소꿉놀이가 될 만한 것들을 찾아내느라 정신이 빠지곤 했다.

가끔 먹을 만한 꽃잎을 빨며 단맛에 취하기도 하고 길섶에서 뱀껍질을 찾으면 위풍당당하게 막대에 걸치고 동네를 싸돌아다녔다. 놀 거리가 넘쳐 나는데 해가 기울기라도 하면 몸이 달아 미칠 지경이었다.

행복이란 개념도 몰랐다. 그런 말은 필요하지 않았다. '눈을 뜬 아침부터 놀다 지쳐 곯아떨어질 때까지 꼬맹이의 하루' 정도로 정의를 내려 볼 수 있을까.

꿈에서 만난 어린 나는 마당에서 그림을 그리고 있었다. 아무도 없는 해 든 마당에 쪼그리고 앉아 작대기로 이런저런 그림을 그리고 있는 아이. 아이는 프릴 달린 커튼이 있는 창문을 그리고 캐노피가 치렁치렁한 침대를 그리고 있었다. 아마도 시골 촌뜨기 꼬마 여자애가 꿈꾸던 예쁜 방이었겠지.

내가 살던 과수원은 오래전 사라져 경찰서가 들어서고 언덕 위

다 스러져 가던 우리 집은 이제 있던 위치조차 감을 잡을 수 없다. 마치 내가 그곳에 살기는 했던 걸까, 아득하게 꿈처럼 사라져 도시의 끝자락이 되었다.

이따금 나는 내 인생에서 눈부시던 시절을 꿈에서 열어 본다. 똥강아지처럼 귀엽던 그 아이를 꿈에서 만날 때마다 눈물을 쏟고야 말지만. 누구에게나 그런 시절이 있을 테지. 너무나 사무쳐 꿈에서라도 닿고 싶은 시절. 왕성하고 바지런하고 기운차게 무작정 행복했던 시절 말이다.

이제 그때처럼 선명한 건 없다. 잘 살아가고 있는지, 뭘 해야 행복한지, 어디로 가고 있는지. 나이 들고 키도 커졌지만 행복을 담아내는 그릇은 그때보다 작아졌다.

자연 속에서 당당한 주인이었던 과수원집 코흘리개 꼬맹이가 꿈속에서 나를 물끄러미 바라보며 묻는다.

"마흔아홉 살 너는 지금 행복하니?"

"너는 지금 빛나고 있니?"

아무 말도 할 수 없어서 깨고 나면 눈물이 흐르는지도 모르겠다. 주황색 슬픔 항아리 속에 한동안 갇혀 웅크리고 있는지도 모르겠다.

9월 21일

나를 할머니로 만들어 줄 아이

조카 손주 복뽐이

지우개론

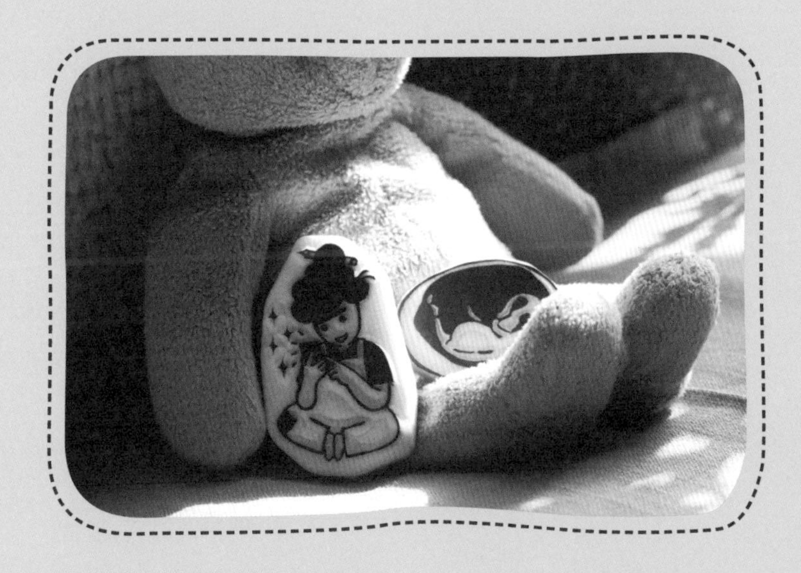

종이 인형 놀이

조카가 결혼해 딸을 낳았다. 따라서 나는 이모할머니가 된 건데, 생각했던 것보다 훨씬 신비로웠다. 아는 분이 카톡 상태 메시지에 이런 문장을 적어 놓았다. '무사히 할머니가 될 수 있을까….' 그녀는 할머니가 되기를 꿈꾸고 있었던가. 누군가 아직 닿지 않았고 언젠가 닿고 싶은 할머니라는 이름. 어쨌든 나는 무사히 할머니가 되었다.

갓난쟁이가 달아 준 할머니라는 타이틀 때문에 어쩐지 저절로 지혜로운 존재가 된 듯했다. 동굴 속에서 할머니가 전해 준 지혜가 인류를 여기까지 발전시켰다는 이야기도 있지 않은가. 아기를 본 순간 사랑에 빠져 뭐라도 부지런히 물어 날라다 입에 넣어 주고픈 할미새가 되고 말았다.

퍼트리샤 폴라코의 그림책 <천둥 케이크> 속 할머니, 바바라 쿠니의 그림책 속 미스 럼피우스는 내가 생각하는 이상적인 할머니들이다. 손녀와 케이크를 굽고, 마을 아이들에게 책을 읽어 주는 할머니의 모습이란 얼마나 사랑스러운가. 나는 겨우 7개월 된 조카 손녀와 언젠가 함께 놀 궁리를 하다 마침내 놀잇감을 하나 찾아냈다.

까마득하게 어린 시절 나는 인형을 지독하게 좋아했다. 형편상 마론인형(바비인형)이라고 부르던 플라스틱 입체 인형은 만져 보지도 못하고 갖고 싶어 애만 태우며 끙끙 앓던 시절이었다. 나 같은 여자아이들을 위해 마침 종이에 프린트된 보급형 종이 인형이 판을 치기 시작했다. 그것마저도 여의치 않았는지 나는 늘 인형에 목말라 있었다. 궁여지책으로 여섯 살 위 언니에게 인형을 그려 달라고 조르곤 했다. 아니, 납작 엎드려 구걸했다. 나는 굴종 어린이였다!

그림을 제법 잘 그리던 언니는 인형을 그려 주는 대가로 여섯 살짜리 동생에게 혹독한 심부름을 시켰더랬다. 오래된 기억 속에 언니가 인형을 그리고 있는 동안 이리저리 바지런하게 심부름을 하던 어린 내가 있다. 화룡점정으로 긴 머리를 골뱅이처럼 꼬아 허리까지 늘어뜨려 그릴 때면 나는 아주 사족을 못 쓰고 오줌을 지릴 지경이 되었다. 언니는 원하는 걸 얻어 낸 뒤에야 감질나게 하나씩 그려 주었던 거다.

그때나 지금이나 별로 달라지지 않았다며 언니는 나를 '멍충이'

라고 부른다. 그 옛날 멍충이가 꿈꾸던 세상이 언니 손끝에 있었다는 걸, 종이 인형은 나에게 하나의 세상이었다는 걸 언니는 아시는지.

그렇게 어린 내 마음을 타오르게 했던 종이 인형을 40년이 훌쩍 지나 직접 만들어 보았다. 조카 손녀와 인형을 그리고 찍고 오린 뒤 역할 놀이라는 정점을 찍기 위해 나이 오십 줄에 지우개를 파서 인형을 만들었다. 배알 없이 비굴한 웃음을 흘리고 멍충이 소리를 감내하면서 너절한 종이 인형을 얻어 낸 여섯 살짜리 나를 생각하며. 조막만 한 손으로 언니 대신 걸레질을 하고 언니 대신 두부를 사 오고 요강을 비우는 자질구레한 일들을 마다 않던 어린 나를 생각하며. 기나긴 시간은 묘하게 얽혀 쉰 살의 나는 여섯 살의 나와 그 옆에 드러누워 똥오줌을 싸는 7개월 된 손녀에게 인형을 그려 주고 있다.

지금은 평면에 인쇄된 이차원의 종이 인형 따위를 거들떠보는 시절이 아니다. 생활사 박물관에서나 볼 수 있는 추억의 용품으로 사라져 탑골공원 지하에 묻혀 버린 지 오래. 그런데 어쩌자고 나는 퀴퀴한 종이 인형을 만들며 이렇게 행복한 걸까.

이제 아이들의 장난감은 양적으로 팽창했고 수명은 짧다. 놀잇감 안에 이야기가 깃들어 있지 않아서일까. 종이 인형에게 오드리

헵번 옷을 만들어 입히고 빨간 망토를 씌워 동화 속으로 다녀오고 좋아하는 리넨 원피스도 만들어 입혔다. 가위질하는 동안 애틋함은 배가 되었다. 언젠가 인형 놀이를 하며 손녀에게 두런두런 이야기를 들려줄 참이다.

손녀와 교감하며 놀 생각에 행복한 건지 돌아갈 수 없는 유년의 뜰에 다녀와서 행복한 건지 모를 아련한 감정에 젖었다. 행복감의 정체가 뭐건 간에 쉰 살의 할머니에게도 종이 인형은 사람을 미치게 하는 뭔가가 있다. 세대를 넘실넘실 뛰어 손녀 로안이에게 나의 기억과 그 짜릿함을 나눠 주고 싶어 종이 인형을 만들고 또 만든다.

심심한 아이

방학이 시작되면 어느 집이나 펼쳐지는 풍경이 있다. 휴대전화와 컴퓨터 사용을 두고 벌이는 엄마와 아이들의 기 싸움 장면. 이런 이유로 아들과 대치 중이던 친구가 일주일 동안 두 기계를 모두 사용하지 못하게 하는 특단의 조치를 취했다고 했다. 아마도 그건 아이에게 참혹한 형벌이었으리라.

아이의 하루에 많은 시간을 차지하는 두 기계가 없는 하루란 어떤 걸지 답은 정해져 있다. 아이는 보란 듯이 정말 멍하게 이리저리 뒹굴며 엄마 속을 뒤집어 놓았다. 심심하단 말을 입에 달고 아무것도 하지 않는 아이를 엄마들이 어디까지 견딜 수 있을까. 무던한 성격을 가진 친구였지만 그녀가 얼마나 입술을 깨물었을지 상상이 됐다.

그런데 놀랍게도 며칠 뒤 아이가 벌떡 일어나 종이를 책상에 펼치고 하염없이 그림을 그리더란다. 일종의 예술 활동! *몽상은 창조적인 사고를 키워 내는 둥지라는 안 에르보의 말, 아이들은 죄다 예술가로 태어난다는 피카소의 말이 맞다. 나는 무릎을 쳤다.

친구도 없고 장난감도 없고 가게도 없고 그야말로 아무것도 없던 섬처럼 뚝 떨어진 시골 과수원. '엄마가 섬 그늘에 굴 따러 가면 아기는 혼자 남아 집을 보다가…' 섬 집 아기 노랫말처럼 어린 시절 나는 대화도 섞기 힘든 어린 동생을 데리고 하릴없이 돌아다녔다.

하도 심심해서 개미구멍을 오래도록 들여다보는 게 주된 일이었다. 어쩌다 개미 똥구멍에 혀를 대 보거나 개미집의 구조를 살살 파헤쳐 보기도 했다. 텔레비전도 없고 책도 없어서 걸핏하면 마당 평상에 드러누워 구름 모양을 올려다보는 것도 아주 좋아하는 일 중 하나였다. 갖고 싶고 먹고 싶은 것들이 구름 속에서 파노라마로 스쳤다. 요즘 아이들이 휴대전화 화면을 보는 것과 같은 맥락으로 나는 하늘을 올려다봤다고 해야 할 것이다. 하늘을 보며 몇 시간 동안 빈둥거리는 일곱 살 아이라니.

비 온 뒤에는 뒷산에 가서 여기저기 올라온 알록달록한 독버섯을 가만히 들여다보며 그걸 먹고 고꾸라져 죽는 상상을 했다. 뱀딸기를 찾아 따 먹거나 동생이랑 쓰레기 더미를 뒤지기도 하고 정 할 게 없으면 물가에 핀 버들가지를 잘라서 호드기를 만들어 불고 다녔

다. 심심하고 고독한 꼬마는 뭐든 찾아내게 마련이다. 자연을 들여다보고 뒤적거리다 보면 작은 생명들이 용케도 꼬물거리고 있었다. 보고 만지며 오감이 깨어나는 경험을 했을 것이다.

무엇보다 내가 가장 좋아한 건 아궁이에 불을 때는 일이었다. 우리 집은 전기는 물론 연탄보일러는 꿈도 못 꾸는 옹색한 옛날 흙벽집이었다. 부엌 한쪽엔 땔감을 쌓아 둔 공간이 옴팡하게 있었고 아궁이 두 개에 커다란 솥이 걸려 있었다. 어린 마음에 땔감이 떨어지면 어쩌나 걱정하며 나뭇가지를 주우러 뒷산을 심심찮게 가던 일곱 살 아이.

왜 그 어린아이는 엄마 옆에 앉아 불 때는 걸 그리 좋아했을까. 타닥타닥 나무 터지는 소리도 좋았고 아궁이 안에서 타오르는 불길을 넋 놓고 보는 것도 좋았다. 솔가리 타는 냄새도 좋고 무릎을 덥히는 따스함도 좋고 부지깽이를 뒤적거리며 불길을 돋우는 것도 좋아했다. 그을음이 묻은 부지깽이로 부엌 바닥에 그림을 그리는 건 또 다른 재미. 부뚜막 앞 그 아늑한 공간에서 아이는 어떤 꿈을 꾸었을까.

명상하는 시간처럼 내밀하면서도 상상의 불길 속에 마음을 빼앗겼던 불 때는 기억이 다 자라 성인이 되어서도 가끔 나를 보드레하게 데운다. 따스하고 구수한 공감각의 기억.

*발터 베냐민은 심심함에 대해 "깊은 심심함은 경험의 알을 품고 있는 새"라고 말했다. 아이가 멍하니 천장을 보는 시간도, 꼼짝 않고 앉아 솔가리를 아궁이에 밀어 넣으며 불 구경하는 시간도 사실은 알을 품고 있는 미지의 시간일지 모른다. 빈틈을 용납하지 못하는 어른의 시간과 빈틈을 요령껏 찾아내 상상하고 관찰하는 아이의 시간은 엄연히 다르니까.

어떤 힘도 빼앗아 가지 못하는 것은 그 사람의 행복했던 기억이다. 아이가 멍 때리는 동안 그 아이가 꾸는 어마어마한 꿈과 행복한 계획과 '생각놀이'가 훗날 세상에 어떤 빛이 될지 모르는 일. 입술을 깨물지언정 때로 아이들의 빈둥거림과 뒹굴뒹굴 아무것도 하지 않는 심심한 시간을 잠시 내어 주는 것, 그것만으로 우리는 괜찮은 어른일지도 모른다. 나의 아기 새가 경험의 알을 품도록 특별한 시간을 허락하는 건 의외로 참 쉽다. 잠시 심심하도록 내버려 두면 되니까 말이다.

---

*<유럽의 그림책 작가들에게 묻다> 최혜진, 은행나무 참고

지우개툰

나는 고양이들에게
한낮에 데워진 장독대보다
따습지 못하다

그래, 나 갱년기다

택배가 도착했다
내용물 '갱년기'

아주 사적인 갱년기 처방전

요즘 몸이 시시로 뜨겁다. 아궁이 앞에 앉아 불을 때는 것처럼 얼굴이 화끈화끈하다. 잠자리에 누우면 이번에는 다리가 뜨끈뜨끈. 어깨는 으슬으슬 시리고 다리는 불붙은 왕겨처럼 달아올라서 내 몸이 위아래 두 몸뚱이인가 요상한 느낌마저 들곤 한다.

올 것이 온 것이다. 여섯 살, 아홉 살 터울 언니들이 이미 걸어갔으며 그 옛날에는 엄마와 이모들과 할머니가 건너간 시절, 갱년기. 어느 날 내 집 문을 두드려 툭 던져 놓고 간 택배처럼 내게 오고 말았다. 물릴 수도 없는 갱년기라는 택배를 받고 보니 서글프고 심란했다. 젊음이 매정하게 등을 돌리며 떠나가나, 실연의 마음마저 들었다.

재작년 난소 하나를 들어내고 겨우겨우 버티던 나머지 난소가 이제 쉬려고 하나 보다. 생리가 멈춘 지 2년째. 조금은 이른 나이에 갱년기 문을 연 것이다. 내 몸의 히스토리는 크게 세 번의 변화를 겪었다. 열다섯 살 봄에 생리를 시작했고 스물여덟 늦가을에 아이를 낳았으며 마흔일곱 겨울에 생리와 이별했다. 내 몸은 계절처럼 변화하고 너울너울 흐르며 이제 네 번째 시절, 갱년기를 맞았다.

밤마다 119를 불러서 다리에 붙은 불을 꺼 달라고 하고 싶고, 외부 온도와 관계없이 내 안에서 오른 열 때문에 입고 벗고 정신을 못 차리다 감기 걸리기도 일쑤다. 툭하면 눈물이 주르륵 흘러서 난감하고 화가 몸을 친친 감아 옥죈다. 잇몸이 붓거나 손톱이 갈라지거나 머리칼이 푸슬푸슬해지는 정도는 애교 수준. 밤잠 설치는 건 기본 옵션. 깨알처럼 잔잔하게 온몸의 기능이 떨어진다는 걸 실감하는 나날들. 여성호르몬이 바닥을 치자 마치 그동안 나를 조이고 있던 나사들이 하나씩 풀어지는 것처럼 비틀대고 있다.

아마도 많은 여성들이 비슷한 패턴과 증상을 겪고 있을 것이고 앞으로 겪어 내겠지. 그런 생각을 하면 이 땅의 모든 여성을 안아 주고픈 뜨거운 마음이 든다. 그런데 오히려 지금에 와서야 나는 비로소 내 몸에 대해 이런저런 생각을 하고 있다. 겨를 없이 살아오다 생리가 멈춘 뒤에야 내 몸이 나에게 말을 걸어오고 있달까.

지난날 큰 문제에 닥칠 때마다 늘 여성 질환에 시달렸고 몇 번 수술대에 오르기도 했다. 아마도 나의 자궁과 난소가 몸속에서 가장

여보세요,
119지요? 와서
불 좀 꺼 주세요.
얼굴이랑 다리에
불이 났나 봐요.

예민하게 스트레스를 받아 쟁여 두었는지도 모르겠다. 쓸모를 다하며 내 인생의 아픔들을 뭉근하게 견뎌 주느라 참 많이도 애썼다.

막 갱년기에 들어서야 그간 내가 함부로 고통을 몸으로 받아 냈으며 스스로 돌보지 않았다는 각성을 하고 있다. 내 몸에 뒤늦게 사과했다. 이제 내 몸에 청진기를 대고 안에 흐르는 소리를 들어 보려고 한다.

아무것도 안 하고 가만히 두면 무서운 얼굴이 될지도 모르는 갱년기. 밀어낼 수 없다면 와락 안아 주자는 심정이다. 우리 여인들은 언제나 격랑 속에서 방법을 찾아내며 살아왔지 않은가. 한숨 대신 생각을 해 보기로 한다. 함께 이 시기를 겪는 여인들과 단단한 연대를 하며 폭풍 수다를 하고, 손을 끊임없이 움직이는 핸드메이드를 하고, 해를 쬐며 씩씩하게 큰 보폭으로 걷고, 자연을 적극적으로 관찰하며 우울감을 덜어 내고, 가족과 시답잖은 일상을 쉬지 않고 나누는 것, 여성에게 유익한 식재료를 내 몸에 제공해 주는 것. 그리고 갱년기의 통증 속에서 우리가 할 수 있는 최선의 선택지, '유머'. 스스로 내린 아주 사소한 처방전이다.

여기에 나만의 특급 처방전을 하나 보탠다면 꼭 나처럼 생긴 작고 못난 지우개를 요리조리 파는 것이다. 지우개는 갱년기 때 만난 내 안의 비밀스러운 친구. 어른이들의 취미 생활로 침을 튀기며 적극적으로 추천하는 중이다. 느지막한 꽃 앓이를 하는 나의 시시콜콜 일상을 지우개랑 손잡고 이야기로 만들다 보면 어느새 아이가 된 착각이 들곤 하는데, 나쁘지 않다.

나는 요렇게 스스로 내린 사소하며 사적인 처방전을 가지고 올망졸망하게 갱판 치며 살려고 한다.

갱년기
갱년기
두렵지만
가야 할 길

지우개툰

뱃살 메커니즘

일정한 얼룩의 정체는…

1년쯤 전부터 남편의 흰옷에 얼룩이 많아졌다. 빨래를 갤 때마다 얼룩들이 유독 옷의 센터에 집중되어 있는 기이한 현상을 발견했다. 강력한 얼룩 제거제로 따로 문지르며 나는 탐정처럼 고개를 갸웃거렸다. 나의 흰옷들에도 엇비슷한 얼룩이 보이기 시작하고 나서야 탐정 놀이를 멈추고 말았다. 아뿔싸!

안 그래도 나이를 더할수록 음식을 먹으며 헐렁대고 흘려서 비

먹고 흘리며 배로 받아 내는 메커니즘
이 죽일 놈의 아랫배!

죽비죽 부끄러운 웃음이 새어 나왔는데 얼룩의 정체를 깨닫고 힘이 쭉 빠졌다. 최근에 인정사정 볼 것 없이 부풀어 오른 아랫배가 온갖 음식물들을 받아 내고 있었다. 툭하면 흘리는 것도 서글픈데 그걸 받아 내는 뱃살이라니. 그 위에 물드는 얼룩이라니. 살들은 참으로 자비가 없구나.

나보다 먼저 배가 부풀어 오른 남편에게 배둘레햄이라는 둥 수제비 백 인분이 배에 달라붙었다는 둥 손가락질을 하며 놀려 대던 내가 아니던가. 이제 할 말이 쏙 들어갔다. 올여름 체중이 딱 7킬로그램 늘었는데 그 살이 죄다 배에 붙어 버렸다. 허벅지와 엉덩이에 조금씩 나누어 준 상태.

생리가 멈추면 몸의 형태도 변한다더니 정확하게 그랬다. 에스트로겐 분비 저하로 기초대사량이 줄고 지방조직이 에스트로겐의 주된 공급원이 되고자 배에 살이 붙는다고 하니 마냥 나무랄 수도 없는 노릇 아닌가. 어쩌면 내 몸은 부단히 애쓰는 중인 것이다.

어릴 때부터 쭉 마른 축에 들었던 나는 늘 기력이 달렸다. 살 한번 쪄 봤으면 좋겠다는 망언을 일삼으며 다이어트 중인 여인들의 마음을 많이도 찢었더랬다. 배가 없어서 치마허리가 돌아간다며 가벼이 입을 놀렸던가, 내가.

그런 나에게 한 달 새 찾아온 7킬로그램은 느닷없었다. 마치 '이제 네 몸은 꼼짝없이 갱년기에 접어들었어'라는 도장을 꾹 찍어 준 듯 체중 변화가 선명했다. 반가워할 새도 없이 내 집에 밀고 들어온 더부살이처럼 딱 붙어 버린 뱃살.

여러모로 나와 상황이 비슷한 친구도 정확하게 5킬로그램이 늘었다며 징징댔다. 그녀 왈,

"내가 뭘 먹었다고."

나도 세상 억울한 어조로 말한다.

"공기밖에 먹은 게 없어."

개인차는 있겠지만 많은 여성이 이 무렵 체중 증가에 몸살을 앓고 있나 보다. 내 배가 불룩하게 나오고 나서 주위를 둘러보니 몇몇 여인들이 헐렁한 옷으로 애써 감추어 둔 그것, 뱃살들이 보이기 시작했다. 여성호르몬을 대체한다지만 복부 비만의 부작용은 또 얼마나 많은가. 비만은 오히려 에스트로겐에 과다 노출되는 원인으로 지목되고 유방암의 발생도 높인다고 한다. 갈팡질팡 복잡 미묘한 메커니즘이다.

갱년기 여성의 몸은 이전과는 다른 생태계를 가지고 있다. 사랑

하는 사람을 바라보듯 자신에게 눈길을 주고 살뜰하게 보살펴야 한다. 지난 세월처럼 일이나 가족이나 주변 일에 우선순위를 두고 마구 쓰던 몸을 이제 귀하게 대해야 할 때. 나는 다이어트엔 그다지 관심이 없으니 먹는 양보다는 탄수화물과 지방 섭취를 낮추고 딱 뱃살만 줄여 보기로 했다. 먹다가 뭘 흘려도 바닥으로 떨어질 만큼만. 지인들은 이구동성 "그 웬수들은 결코 사라지는 법이 없어"라고 쐐기를 박아 주었지만 말이다.

6개월째 날마다 걷기를 하고 있다. 배와 엉덩이에 힘을 주고 보폭은 최대한 크게 걷는다. 터질 것 같던 남편의 배도, 발톱을 깎기 힘들 만큼 동그랗던 나의 배도 조금 작아졌다. 아니, 기분 탓일까. 헛것을 본 걸까. 그러고 보니 요즘 옷 얼룩이 덜 보인다. 작은 성공이라 스스로 치켜세운다. 음식물이 배를 지나 바닥으로 떨어지기만 해도 이리 기쁜 것을.

나와 친구들의 갱년기 뱃살에 진한 페이소스를 느낀다. 두툼하게 집히는 애수 덩어리. 그러나 우리 인생이 뭐 마냥 비극만 있는 건 아니니까. 뒤집어 희극을 맛보려면 뭐라도 해야 한다. 요즘도 씩씩하게 걸으며 궁리 중이다. 그런데 뱃살이랑 자꾸 친해져 귀엽게 느껴지는 게 문제다!

23년 차 부부의 스킨십이란
이렇듯 난감하나니…
늘어진 뱃살이 저희들끼리 만나고 있다

지우개툰

마음이 아플 때
찾아가는 응급실
거실 창가

나만의 아지트

누구나 어릴 적 아지트 하나쯤은 있지 않았을까. 원래 아지트는 '아지트풍크트'라는 러시아어에서 비롯됐다. 좌익운동가들이 눈을 피해 숨어들던 지하운동 기지라는 다소 절박한 의미에서 출발한 말이다. 조금 순화하면 비밀본부 정도로 생각하면 되겠다.

아이들은 놀이터 구석이나 미끄럼틀 아래, 집 안 구석 어딘가를 반드시 아지트로 만들곤 한다. 옷장, 침대 아래, 베란다 구석, 책상 아래… 은밀한 곳이라면 어디든 아이들의 비밀기지가 된다. 아들도 자라면서 구석구석 이불로 틀어막고 책으로 담을 쌓아 아지트를 만들며 놀았다.

얼마 전 집을 지은 친구는 처음부터 아이들의 아지트를 설계해 놓았단다. 이층으로 오르는 계단 아래에 두 아이가 웅송그리기 딱 좋은 공간을 만들었다. 그 집에 놀러 가면 가끔 몸뚱이를 억지로 밀어 넣어 구겨진 상태로 누워 있곤 한다.

물론, 나도 어릴 적 아지트 만들기를 심하게 즐겨서 과수원 어딘가에 까치처럼 이런저런 재료를 끌어모아 아지트를 만들곤 했다. 누가 봐도 금세 눈에 띄는 절대 비밀이 될 수 없는 비밀본부. 다음 날가 보면 바람에 흩어지거나 개가 파헤쳐 놓아 흔적 없이 사라진 비밀본부.

비밀본부에 들어가면 성의 주인이 된 것 같고 이유 없이 마구 설레고 몸을 한껏 웅크려 세상 소리에 귀 기울이게 되는 묘한 평안함이 있었다. 커다랗고 낡은 아버지의 자전거에 고추 말리는 비닐 장판을 씌우고 그 안에서 동생이랑 듣던 간지러운 빗소리. 장판에 떨어지던 그 빗소리가 지금도 들리는 듯하다. 후두두두둑 후두두둑.

40년이 흘러도 아지트 사랑은 현재 진행형이다. 모두들 큰 집을 꿈꾸고 큰 차를, 건물을 꿈꿀 때 나는 왜 궁둥이 하나 겨우 붙일 아지트를 아직도 찾고 있는 걸까.

요즘 나의 아지트는 거실 창가다. 고무나무며 카카오나무, 커피나무가 숲처럼 배경이 되기도 하고 창밖 풍경이 아주 잘 보이는 곳이기도 하다. 커피 한 잔 내려 두툼한 리넨 방석 하나 깔고 창가에 앉으면 밖에서 들어온 남편은 언뜻 나를 찾지 못한다. 길 잃을 일 없는

숲속에 들어앉아 세상 내려다보는 마녀가 된 기분.

정체 모를 우울감이 빗줄기처럼 내리치는 날 반드시 그곳으로 기어들어 간다. 스스로 무능력하다고 느낄 때 또 기어들어 간다. 절대적이라고 믿었던 사랑이 빙하처럼 큼직한 냉정함을 드러낼 때 찾아가는 거실 창가. 엄마가 그리울 때 가만히 앉아 있게 되는 나만의 아지트.

갱년기에 진입하면서 중2보다 우주적 세상 고민을 떠안고 사는 요즘, 아지트는 그런대로 위안이 되어 준다. 나무들이 나를 감싸 주어서 초록으로 물드는 기분이 든다. 밖에는 초등학교 아이들이 앞서거니 뒤서거니 천진하게 뛰어가고 해피마트에서 물 좋은 생선을 팔고 노인 한 분이 몰티즈와 산책을 하고 세탁소 아저씨가 옷을 밖에 걸고 있다. 모든 게 살아 움직인다. 새가 창문에 한 차례 똥을 휘갈기며 날아가는 걸 실시간으로 보기도 하는 곳, 거실 창가.

조막만 한 공간 속에서 나는 내 상처를 고양이처럼 핥기도 하고 바지런한 생명들을 보며 감탄하기도 하고 아기처럼 몸을 말고 꿈을 꾸기도 한다. 그러다 까무룩 졸기라도 하면 돌아가신 엄마가 내 이마에 따스한 손을 짚어 주는 날도 있다.

딱 차 한 잔 마시며 아무것도 안 하고 앉아 있는 짧은 시간 동안 나는 날마다 허물 벗고 얼굴을 씻는 한 여자가 된다. 나만의 아지트에서 날마다 내 마음도 씻고 있다.

어버이날에 즈음하여
자식들에게
반성의 편지를 쓴다

사랑하는 자식들에게

어버이날이 지났으나 아직도 내 손이 텅 빈 걸 보니
깨달음과 반성이 밀려온다. 너희들의 깊은 속뜻. 빈손의 의미.
세상 등질 때 무릇 빈손으로 간다는 비움의 철학을 말해 주고자
그토록 너희들은 아무것도 해 주지 않은 것이로구나.
소비의 시대! 마음과 인격이 한낱 소비로 대체될 수 없음을
온몸으로 표현한 것이로구나. 잠시 너희들의 깊은 마음보다는
'물질'을 기대했던 천박한 소비주의를 반성한다.
환경 문제의 시대! 플라스틱과 비닐 포장이 넘쳐나 지구를
훼손하는 이 시대에 감히 선물 따위를 바라다니…
거기까지 생각이 미치지 못한 채 그저 어버이에 대한
너희들의 사랑을 잠시 의심했다. 아무것도 사 주지 않은
자식들의 심오하고 철학적인 선택에 대해 후진 삐짐으로
입을 내밀고 있었던 부모로서 고개 숙여 반성한다.
이 죽일 놈의 물질 사랑… 어미와 아비가 잘못했다.
가족의 달 5월. 이리 큰 잘못을 한 어미 아비를 엄히 꾸짖지
않고 함께 살아 줘서 참 고맙고 사랑한다.

5월 9일

못난 어미 아비가

우리 부부랑
똑같네

갱부부의 온도

생리와 이별한 지 2년. 청춘의 몸은 아니다. 그때처럼 피부가 빛나지도 않고 그때처럼 가슴이 뜨겁지도 않다. 아무 노력 없이 열정이 저절로 차오르던 그때와는 다르다. 이런 몸의 변화에 저항할 수 있는 사람은 없다. 세월에 따른 성적 노화는 절대적으로 평등하게 우리를 대하니까.

우리 서로 각자의 일상을 바쁘게 살아 내다 보니 어느새 갱년기를 맞았다. 생리에 대한 여성들의 마음은 대체로 이중적이다. 하면 아프고 귀찮고 불편하고 안 하면 불안하고 두렵고 쓸쓸한 것. 자궁내막증으로 지독한 생리통에 시달렸던 나는 생리가 멈추자 살 것 같았다. 그런데 시간이 흐르면서 마음이 복잡해졌다. 생리를 안 하는 와중에도 상상 생리통을 겪기도 하고 이런저런 호르몬 대체 음식을 먹으며 은근히 생리를 기다려 보기도 했다. 그러다가도 다시 생리를 시작할 거냐고 산신령이 묻는다면 "아니요"라고 고개를 세차게 흔들어야지, 다짐도 해 보고.

생리와의 이별은 어느 정도 여성호르몬과의 이별을 의미한다. 자연스럽게 성적 욕구도 서서히 바닥까지 내려가 우리 부부 사이를 메마르게 했다. 내 마음속에서는 서글픔이 얼크러져 도무지 풀 길이 없었다. 몸은 지독하리만치 솔직하게 반응하고 있었다. 6개월 정도 우리 부부는 과도기처럼 이런저런 부침을 겪다 서로 마음을 여는 시간을 가졌다. 우리 부부의 사랑방에 뭉근하더라도 꺼지지 않는 불씨를 덥혀 보기로 했다.

그런 시간을 겪으며 남편과 나는 전에 없던 단단한 우정을 쌓았다. 서로 전과 달라진 몸의 변화에 대해 아주 솔직해지기로 한 뒤부터다. 부쩍 잦아진 잔병치레와 우울감에 고단했던 하루를 갈무리하며 누운 나의 손을 남편은 날마다 꽉 잡아 주었다. 잠들지 못해 수시로 깨는 나의 손을 또 꽉 잡았다. 마치 어디론가 쓸려 가기라도 할까 봐 붙잡아 두는 것처럼. 내 아픔을 외면하지 않겠다는 다짐처럼 그는 내 손을 감쌌다.

해달 부부나 친구는 바닷말의 일종인 켈트를 몸에 친친 감고 자는데 이 켈트가 없으면 둘이 손을 꼭 잡고 잔다. 그래야 서로 쓸려 가

지 않는다고 한다. 우리 부부는 딱 해달 부부. 푸릇하고 창창하게 호르몬이 넘치던 켈트라는 젊음은 성글어졌으나 그런대로 둘이 손을 꼭 잡으니 망망대해로 떠내려가지는 않는다.

내 마음속 고백을 들은 남편은 그간 관심을 두지 않던 아내의 몸에 대해 세심한 눈길을 주고 있다. 이제야 아내의 몸을 염두에 둔 것이다. 내 몸의 생리적 변화를 그는 인정했다. 어쩌면 그에게도 이런 아내를 이해하는 데 시간이 필요했을 것이다.

요즘 어떤 변화를 겪고 있는지, 앞으로 어떤 노력들을 서로 곁에서 해야 할지 등을 회의하듯 얘기하고 있다. 그러니까 회의 안건은 갱년기 부부의 사랑. 서로에게 좋다는 영양제와 먹을거리들을 챙겨주고 팔짱을 끼고 산책을 하며 온기를 나눈다. 우리가 한창 사랑했던 연애 시절 얘기를 안주 삼아 와인을 마신다. 익숙한 집에서 조금 벗어나 1박 2일로 여행을 자주 다니자고 약속했다. 생리가 멈춘 자리에서 다시 시작한 중년 갱부부 관계.

내 몸에서 생리는 떠나갔으나 내 곁에 있는 사람과 서로의 몸을 돌아보게 되었으니 마냥 서글퍼할 일도 아니다. 서로의 속내를 어느 때보다 깊이 들여다보는 중이다. 드라마틱하진 않지만 묵은지 같은 우리 부부의 사랑도 썩 괜찮다. 이런 자잘한 노력의 결과로 요즘 우리 부부의 온도가 높아졌다.

이 사실을 쓰고 있는 지금, 내 기분이 달보드레하고 얼굴이 발그레해진다. 이 홍조는 갱년기 열감하고는 차원이 다른 것, 그러니까 음… 아무튼 우리는 요즘 그런대로 따끈하다는 것이다.

'친구'란 인디언 말로
'내 슬픔을 자기 등에 지고 가는 자'
나는 세상에 둘도 없는
그의 0순위 '친구'

지우개툰

쇤네 서방이랑
나들이 다녀오겠사옵니다

죄인 박가는 들으라

지우개를 파다 보면 이런저런 풍경이 펼쳐진다. 기본 재료만 놓아도 책상 위가 꽉 찬다. 지우개 조각들이며 연필, 각종 칼들, 트레이싱페이퍼, 다양한 잉크들, 파고 나서 여기저기 찍어 볼 재료들까지 종류가 참 많다. 단출하게 시작했지만 지우개를 파면 팔수록 탐욕이 생겨 살림살이가 이만저만 늘어나는 게 아니다. 그러니 평소 정리와는 담을 쌓고 사는 나로선 어지름 신이 내린 듯 작업실을 초토화할 수밖에. 누군가 그랬다. 작가라서 좋은 점은 책상을 어질러도 아무도 나무라지 않는다는 것이라고. 나도 인정! 수년간 한 번도 작업실을 청소하지 않았다던 화가 프랜시스 베이컨을 곧 이겨 먹을 것이다.

재료가 많다 보니 비용도 만만찮게 들어서 스치듯 공기 중으로 날아가 버리는 월급 귀퉁이를 좀벌레처럼 갉아먹는 것도 사실. 그뿐 아니라 작디작은 지우개를 들여다보려면 등을 새우처럼 구부려야

하고 노안을 맞이하여 뵈지도 않는 선을 따라 칼질을 하려면 스탠드를 두 개나 켜야 한다. 한참 파고 나서 고개를 들면 순간 앞이 컴컴해지고 마는 것이다. 날카로운 칼을 쓰는 일이라 어깨는 긴장하고 목은 빼주룩하게 거북이가 되어 가는 중. 누가 파래?라고 누군가 말한 것 같은 착각이 방금 들었다.

내가 좋아서 거의 미쳐서 지우개를 파 대고 있는데 그 진실과는 상관없이 남편에게 죽는소리를 하는 나. 배고프다는 그에게 작업 중인데 자기는 밥 타령이냐, 카드값 걱정하는 그에게 지우개랑 도구들 장바구니에 담아 놨으니 쌈박하게 계산을 해라, 방금 그 쪼잔한 표정은 뭐지?라며 시비를 건다. 삭신이 쑤셔서 못살겠다, 너희들이 새우등의 고통을 아느냐? 지우개가 오십견의 견인차 역할을 훌륭하게 하고 있다 등등등. 후져서 더 적을 수도 없다.

그런 나의 좁쌀만 한 잡소리를 남편은 가만히 들어 주고 있다. 깔끔한 잔소리쟁이 그가 작업하고 있는 내 밑에 엎드려 지우개 가루를 조용히 치워 준다. 지우개 장비들을 가득 담아 놓은 장바구니 계산도 재빨리 해 놓고 국을 데워 혼자서 밥을 먹는다. 저녁엔 부은 손을 조물조물 주물러 주고 고장 난 스탠드를 고쳐서 살그머니 놓아둔다. 무엇보다 내가 파고 찍고 쓴 지우개툰을 못나거나 말거나 사랑스러

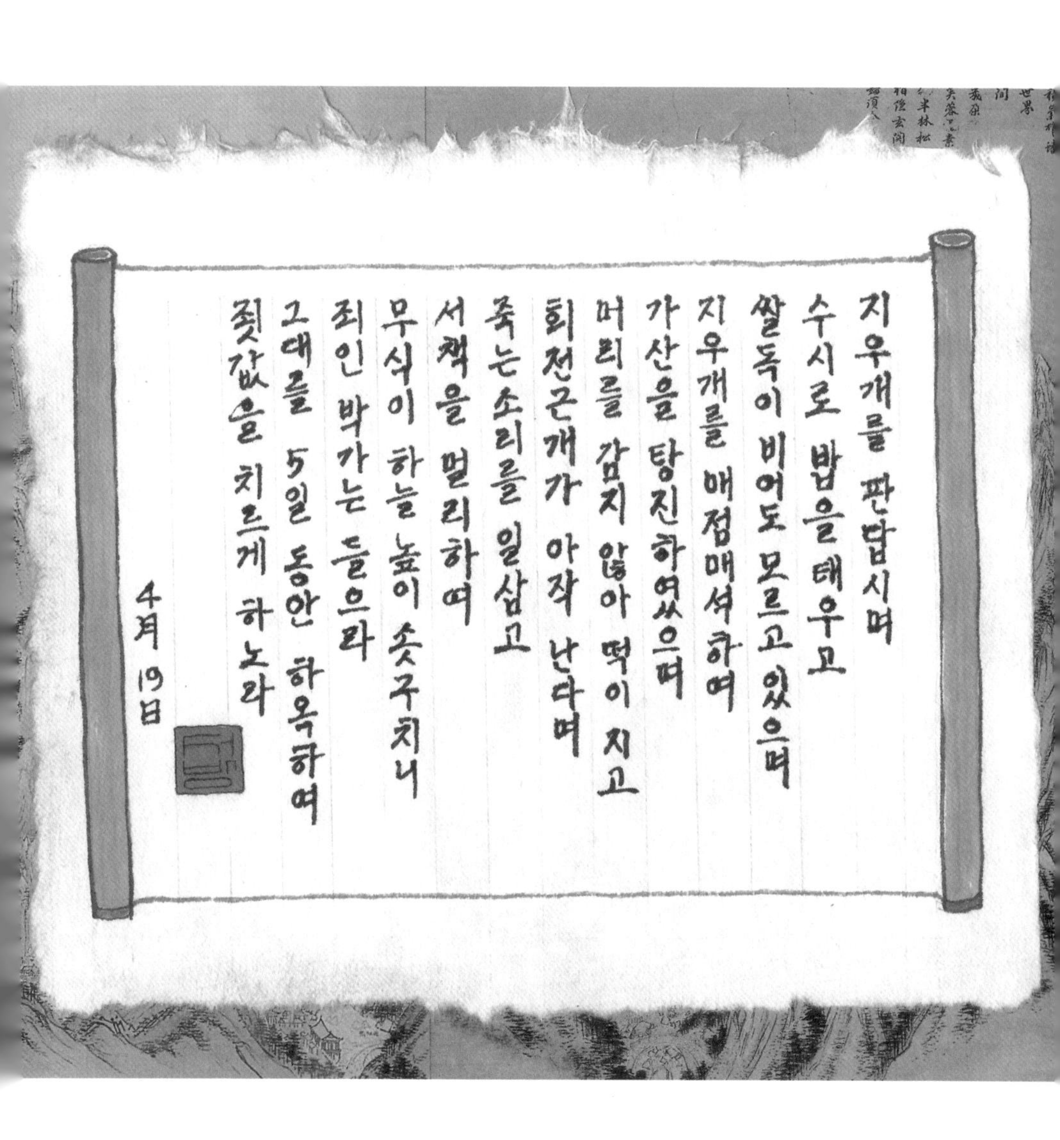
지우개를 판답시며
수시로 밥을 태우고
쌀독이 비어도 모르고 있으며
지우개를 매점매석하여
가산을 탕진하였으며
머리를 감지 않아 떡이 지고
회전근개가 아작 난다며
죽는 소리를 일삼고
서책을 멀리하며
무식이 하늘 높이 솟구치니
죄인 박가는 들으라
그대를 5일 동안 하옥하여
죗값을 치르게 하노라
4月 19日

운 눈으로 본다는 것.

아마도 그는 갱년기에 막 진입해 언제든 물어뜯을 준비가 되어 있는 살쾡이 아내를 지우개가 구원하고 있다고 생각하는 듯하다. 옆에서 본인이 뭘 어찌해 주어야 할지 모를 때 조그만 지우개들이 나를 데려다 치유하고 있다고 믿는 걸까. 기력이 없다가도 지우개를 파며 생글생글 웃는 아내를 보며 지우개에게 '형님'이라고 절을 하고 싶은 게지. 괜히 울화통이 터지고 열이 올라 잠을 못 자는 날 남편은 나에게 주술처럼 속삭인다.

"지우개 파."

여하튼 지우개에게 신세를 지고 있다고 믿는 그가 갑자기 '죄인 박가는 들으라'는 편지를 써 주었다. 지우개툰 전시회를 준비하며 몰아치기로 지우개를 파던 어느 날이었다. 얘긴즉슨, 지우개 파느라 고생했으니 여행 다녀오자는 것. 그가 준비한 나름의 깜짝 선물이었다. 남편 잘 키웠다 생각하며 그가 준 선물을 냉큼 받아 친구 부부와 여행을 다녀왔다.

그는 알고 있다. 새우등을 하고 지우개를 파는 동안 내가 얼마나 행복한지. 지우개를 파면서 갱년기를 그럭저럭 살아 내고 있다는 것을. 뭘 팔까 고민할 때 어린아이처럼 내 눈이 빛난다는 것도. 우리 인생의 수수한 순간들을 파고 찍으며 기록하고 있다는 것을 그는 안다. 잡동사니 지우개툰의 첫 독자인 남자. 때론 자신이 지우개만도 못하다는 걸 쿨하게 인정하는 남자. 오늘도 그는 기꺼이 지우개를 파도록 나를 가만히 내버려 두는 것만으로 썩 멋진 남편인 것이다.

하루 종일
조증의 나와
울증의 내가
씨름을 하네

기분 씨름

어릴 적 일기 맨 마지막 문장은 대체로 이렇지 않았을까. "오늘도 참 재미있었다. 오늘은 슬펐다. 참 보람 있었다…." 하루를 갈무리하며 드는 이 단순한 감정이 얼마나 귀한 것인가 생각한다.

요즘 나의 하루는 이렇듯 담백하게 설명하기 힘들다. 일기를 쓴다면 맨 마지막 줄을 이렇게 써야 할 판이다.

"오늘도 나는 기분 씨름을 했다."

요즘 들어 기분의 낙폭이 크고 변화무쌍해서 정신적 에너지 소모가 이만저만이 아니다. 미친 거 아닌가 생각이 들 정도. 아침에 분명 상냥한 얼굴로 출근하는 남편에게 인사하던 나는 하루 종일 남편을 원망하다 퇴근 무렵 말레피센트가 되어 눈을 찢고 팔짱을 낀 채 씩씩대고 있다. 수시로 내 얼굴을 살피는 게 그의 일상.

방금 언니와 깔깔대며 통화를 시작했는데 끊을 무렵에는 울고 있다. 끊고 나서는 무너진 터널에 홀로 갇힌 것처럼 답답해서 허우

적댄다. 지인들과 점심 식사를 즐겁게 하고 돌아오는 길에 이유 없이 선득한 불안함이 발끝부터 타들어 온다. 나도 그녀들처럼 잘 살고 있는 걸까. 모두들 저리 무사한데 내 인생만 문제가 있는 건 아닐까. 그녀들과 나눈 대화를 곱씹으며 가라앉고 마는 내 기분.

누군가 아프다는 소식이라도 들은 날엔 죽을 맛이다. 아픈 이들에 대한 슬픈 공감부터 시작해 나도 아플지 모른다는 공포까지 갔다가 지금 아프지 않은 것에 대해 너무나 감사해서 행복이 폭죽처럼 터지며 유턴을 한다. 그러다 내 가족이 아프지 말아야 할 텐데 걱정이 들어 입맛을 잃으며 다시 유턴해 원점으로 돌아가고 만다.

물론, 걱정을 해서 걱정이 없어지면 걱정이 없다는 진리를 모르는 바 아니다. 지나친 불안은 우리의 뇌를 원숭이 수준으로 떨어뜨린다는데 그런 의미에서 나는 인간과 원숭이 사이를 위태롭게 오가는 중이라고 해야겠다.

돌이켜 보면 나는 수많은 문제들을 어찌어찌 낙천적인 마음으로 퐁당퐁당 건너와 지금에 이르렀다. 비교적 밝은 성격을 타고났으며 실제로 주변인들에게 밝은 사람으로 통하고 있다는 것도 안다. 때로는 청춘인 조카들과 몇 친구들에게 멘토가 되어 그들의 다친 마음을

회복시키기도 하는 기특한 구석도 있긴 하다. 음…

그러나 옆 사람 마음 돌보고 그들을 끝내 웃게 만드는 쪼그만 힘이 내게 있다고 해서 내 마음까지 다스릴 수는 없나 보다. 오르락내리락 땅속까지 처박혔다가 물줄기를 타고 하늘까지 치솟기도 하는 도무지 조절할 수 없는 지랄 맞은 마음 상태. 아무래도 호르몬 때문인 것인가. 일단, 갱년기 호르몬 부족에 덤터기를 씌워야겠다. 갱여사들과 이야기를 나누다 보니 나는 조무래기 수준이었다. 눈이 짓무르도록 꺽꺽 울다가 무작정 가출을 감행한 여인들도 제법 많았다. 오, 이런. 하나같이 갈 데가 없어서 도로 기어들어 갔다는 결론이 유감이지만 말이다.

힘이 쏙 빠지는 이 씨름이 언제까지 갈지 나는 모른다. 내일 제일 만만한 남편에게 맘에 없는 표독스러운 말을 뱉을지도 모르고 또 미안해서 울고 있을지도 모르겠다. 내 안에 이렇듯 수많은 감정이란 것이 숨어 있던가 놀라운 나날들. 어쩌면 그간 사회적 인간으로 살아가며 명분들 때문에 꼭꼭 밟아 두었던 본래 내 감정에 가장 솔직한 때일지도 모른다. 원시적 상태라고 해야 할까. 정치 뉴스 보면서 안 하던 욕도 슬쩍 던져 본다. 이런 시베리안허스키시바견웰씨식빵 같은 게….

언뜻 우아하지도 않고 교양 있지도 않은 민낯의 감정을 요즘 만나며 한편 속이 시원하기도 하니 이것 참 모순이 아닌가. 조증이 이길 것이냐 울증이 이길 것이냐, 승부 없는 모순의 감정 씨름. 은밀하게 던져 보는 목 넘김이 좋은 육두문자. 이참에 갱년기 핑계 대고 내 속에 있던 오만 감정을 꺼내 바람 좀 쐬어 줄까. 그간 누르라고 세상이 강요하던 내 소중한 날것의 감정들 연극 무대 배우처럼 표현이나 해 볼까. 당최 마음 조절이 안 되니 언젠가 집 나간 평정심이 돌아올 때까지 일단 즐겨 보기로 한다.

귀여운 갱여사들

갱여사들

남편은 요즘 나를 갱여사라고 부른다. 미쳐 날뛰는 나의 심사와 몸의 변화를 보며 대놓고 갱여사라 칭하니 차라리 편하다. 배려한답시며 눈치 보고 슬금슬금 피한다면 더 화가 날지도 모르는 일이다. 입에 착 붙고 그리 나쁘지 않은 이름 갱여사.

요즘 내 주변은 죄다 갱여사님들이다. 우리끼리 말하자면 한마디로 갱판! 대체로 생리와 이별했거나 드문드문 이별 중이며 뚝 떨어진 에스트로겐을 석류 등의 식품들로 대체 중인 갱여사들. 병원에서 호르몬 치료를 받는 분은 생각보다 적은데 아마도 그녀들 각자 영리하게 자신만의 방식으로 이 시기를 걸어가고 있는 모양이다.

나처럼 난소를 들어내서 일찌감치 생리와 이별한 동갑내기 친구 Y. 작년부터 얼굴이 달아올라 잠을 잘 수 없다며 괴로워했다. 안 그래도 귀에서 소리가 나는 질병을 갖고 있는 그녀의 밤은 짐작건대

양 수백 마리가 점령했을 것이다. 그녀의 입에서 요즘 수시로 튀어 나오는 말은 "지금 나만 덥냐?"다. 그녀나 나나 외부의 기온이 몸을 덥히는 건지 내 몸 안에서 열기가 끓어오르는 건지 구분을 못하고 사는 중이다. 그녀의 질문에 "나도 후끈후끈 덥지"라고 말하는 이들은 십중팔구 갱여사님들이다. 낙엽이 뒹구는 선선한 날씨에 말이다.

그런 그녀가 어느 날 속삭이듯 말했다.

"홍삼이랑 석류를 악착같이 챙겨 먹었더니 열감은 어느 정도 가라앉았는데 부작용이 하나 있어."

열감이 가라앉았다니 무척 다행이었다. 그 정도 노력으로 열감이 내려갔다면 그녀는 갱여사 축에도 못 끼는 왕초보인 게다. 선배 갱여사님들이 그녀에게 신생아라고 했다나. 그나저나 그녀가 말한 부작용이란 뭘까.

"밤에… 야시시한… 생각이… 막 드네. 난감하게."

나는 그녀의 등짝을 한 대 툭 치며 말해 줬다.

"오~올, 당신 가만 보니 썩 멋지구려."

그 멋진 여자 Y와 나는 일주일에 한 번 옷을 만들러 다닌다. 그곳에는 갱여사들이 수두룩. 우리가 다니는 바느질 공방 옆에는 나란

히 붙은 비누 공방이 있다. 두 공방의 선생님 H와 S도 얼추 또래여서 한 묶음 갱여사님들이다. 그녀들은 쉬는 법 없이 재봉틀을 돌리고 쉬는 법 없이 어여쁜 비누들을 만들며 수업을 한다. 아이들 때문에 학부모로 만난 인연이 20여 년이라고 하니 어지간한 동기간보다 가깝다. 거의 날마다 점심도 함께 먹고 서로의 아이들을 돌보고 서로의 남편을 잘근잘근 흉도 보며 30대부터 50대까지 중년을 보내는 중이다. 서로 닦아 준 눈물이 실개천 정도는 되지 않을까.

비누 샘은 머리카락이 빠진다는 바느질 샘을 위해 탈모비누를 만들고, 바느질 샘은 비누 샘의 아들을 위해 티를 만드느라 재봉틀을 돌린다. 서로 주고받은 세월을 비집고 갱년기가 끼어들 틈이나 있을까 싶지만 아마도 힘겨운 시기를 서로 맞들고 있어서 떠들썩한 기색 없이 잘 보내고 있는 듯하다. 나는 그녀들처럼 곱게 우정을 물들여 가는 여인들을 여태 본 적이 없다.

한 가지 걸리는 게 있다면 바느질 공방에서 함께 수업 듣는 다소니. 그녀 나이 아래로 띠 동갑이니 서른일곱이다. 그녀는 사방으로 갱여사님들에게 둘러싸여 요즘 상상 갱년기에 걸렸다고 한다. 화만 나도 갱년긴가? 남편 보기 싫어도 갱년긴가? 한다는데. 우리는 그녀에게 그것은 늙은 언니들과 놀면서 생긴 일종의 환상이며 언젠가 맞이할 만찬을 미리 살짝 맛보는 것이라 말해 줬다. 아닌 게 아니라 그녀는 학습 덕분에 훗날 갱년기가 와도 콧방귀로 응수하겠다고 한다.

그래, 우리 갱여사들은 저마다의 색깔로 늦은 꽃을 피우는 중이다. 그것이 어떤 모습이든 꽃이 아름답지 않은 적은 없다. 함께 갱년기를 보내는 여인들의 연대감은 말도 못하게 찐한 것! 한통속이 되고 보니 전에 안 보이던 아름다운 갱여사님들이 어찌나 많은지 요즘 그녀들 보는 재미가 쏠쏠하다.

세상에서 가장 어여쁜 각도 30°

세상에서 가장
어여쁜 모자
'냥모자'

지우개툰

지우개똥만큼
오종종한
수다

꾀죄죄한 지우개 하나가

어느 날 작디작은 지우개 하나와 눈이 맞았다

아들은 두 번의 수능을 치르고 멀리 지방에 있는 대학에 입학해 내려갔다. 수험생 엄마로 살다 보면 적어도 몇 년은 누구도 건드리지 않는 방패를 갖게 된다. 유일하게 좋은 점이랄까. 나 자신에게도 모든 일을 유예해 줬는데, 간간이 도자기를 배우러 다닌 걸 제외하고는 글쓰기도 멈추고 생산적인 일을 요리조리 피하며 피로와 수심이 가득한 전형적인 수험생 엄마의 얼굴을 하고 다녔다. 공부는 아이가 하는데 다크서클은 내 눈에 짙게 드리웠다.

막상 아이의 수험생 생활이 끝나자 나의 게으름을 포장할 수 있는 명분이 날아가 버렸다. 망토를 벗자 비루한 몸이 드러난 것처럼 허전하고 불안했다. 하루아침에 수험생 엄마라는 타이틀을 잃어버린, 말하자면 무직의 상태가 된 것이다. 정확히 말하면 나를 잡아당기던 중력이 사라진 무중력 상태. 동화 쓰기도 맘처럼 안 돼 잠시 휴업 중. 무기력한 머리는 돌아가지 않고 마침 생리도 멈춰 몸도 서서히 아프기 시작할 때 나는 아주 볼품없고 조막만 한 친구 하나와 눈이 맞았다.

그 녀석은 바로 지우개. 재수와 반수 끝에 입시를 모두 마친 아들 친구 엄마들에게 뭔가 선물을 하고 싶었다. 7년 동안 만나며 아들들의 정보를 입체적으로 공유하던 사이니 아이 키우는 사정은 잘 안다고 할 수 있다. 더러 고된 시간과 기쁜 순간까지 나누며 서로의 얼룩을 닦아 주던 세 여인에게 줄 선물을 마련하면서 문득 누구 엄마가 아닌 내 이름으로 불리고 싶은 마음이 들었다. 그녀들은 내 이름을 알고 있을까.

그때 아들이 쓰다 내동댕이친 파랗고 꾀죄죄한 지우개 하나가 눈에 쏙 들어왔다. 안 쓴 지 오래되어서 귀퉁이가 끈끈하게 녹아 먼

지가 달라붙은 지우개였다. 녀석을 집어 들어 뭉툭한 칼로 내 이름을 되는대로 새겨 보았다. 그 위에 사인펜 잉크를 쓱쓱 발라 세 개의 선물에 꾹 찍었더니 이런, 놀라웠다. 생각보다 예뻤다!

동화 작가 로알드 달은 '머리에 기념비적인 한 방을 얻어맞고서 글을 쓰기' 시작했으며, 소설가 하루키는 야구장에 갔다가 불현듯 글을 써야겠다고 느꼈다. 나는 내 이름을 찍는 순간 지우개 작가가 되기로 했다.

그 뒤로 지금까지 방 하나를 작업실로 떡하니 만들어 놓고 다람쥐처럼 드나들며 요리 파고 조리 파며 놀고 있다. 대략 갱년기 증상이 시작된 시점이랑 맞아떨어져 서글플 때 지우개를 파고 반성할 때 또 파고, 생각거리가 있을 때나 혼자 있는 날 지우개를 팠다. 아무 생각 하기 싫은 날도 팠다. 날이 좋아서 날이 좋지 않아서 날이 적당해서 파게 만드는 도깨비 같은 지우개. 사랑하지 않을 도리가 없다.

연필로 쓴 글씨를 지우는 녀석으로만 지우개를 생각한다면 시쳇말로 경기도 오산. 나는 지우개로 별짓 다 하며 논다. 비록 단순하지만 구현하고 싶은 그림은 어설픈 대로 다 팔 수 있고 잉크에 따라 웬만한 재료에 얼추 찍어 볼 수 있다. 못나면 못난 대로 찍고 나면 얼마나 정다운지. 삐뚤빼뚤 파면 이상하게 더 끌리는 매력이 있다. 파고 찍은 아이들은 대체로 선물을 하기 때문에 나는 이것을 인문학적 지우개질이라 외친다.

갱년기에 돌입한 나의 캐릭터 갱여사를 만들어 지우개툰과 에세이를 쓰기 시작한 것이 작년 봄. 이 지우개툰들을 보름 동안 전시하며 바깥바람을 쐬어 주었는데 많은 사람들이 나의 지우개를 볼 비비듯 만지고 갔다. 한 번쯤 해 본 지우개똥 면발 말기를 추억하거나 지우개 따먹기를 하며 갬블러의 싹을 틔웠다는 얘기들이 오갔다. 나는 초등학교 때 짝사랑했던 남자아이가 떨어뜨린 지우개를 돌려주지 않고 슬쩍 주머니에 넣어 간직한 일화를 들려주었다. 조금 섬뜩한 아이였구나, 나는.

얼마든지 손을 뻗쳐 만져도 되는 나의 지우개들. 번듯하지 않고 만만한 게 날 빼닮은 그 녀석과 어찌어찌 여기까지 왔다. 마음 둘 데 없어 허전할 때마다 내 손에서 떠나지 않았으며 고민 많을 때 눈물도 척척 받아 주던 녀석. 지우개를 파며 내 안의 위기를 무사히 넘긴 것도 여러 번이다.

지우개는 태생이 너그러운 아이다. 실수를 눈감아 주기 위해 태어났으니 말이다. 그런 지우개가 내게는 창작의 동지이며 내 안의 어린아이를 불러내는 주술적 힘을 가진 친구다. 저 멀리 열대 우듬지 고무나무에서 태어나 아들의 손에서 제 몫을 다하다 마침내 쓸쓸한 중년 여인에게 찾아온 자그마한 지우개를 만나 나는 앞으로도 행복할 예정이다. 말하자면, 우리 만남은 우연이 아니다.

일단 걷고
아무튼 걷고
어쨌거나 걷자!

일단 걷다 보면

1년 전부터 잠들지 못하는 밤이 늘었다. 불을 끄고 눕는 순간부터 말똥말똥해지는 정신은 놀랍게도 새벽까지 이어지고 출근하는 남편의 뒷모습을 볼 즈음에야 겨우 흐려지곤 했다. 잠들지 못한다는 건 여러모로 고통스럽다. 특히 아픈 기억들을 모조리 소환해서 재구성하고 새롭게 분노하고 억울해하는 무한 반복 속에 갇힌 느낌이 들 때 밤은 차라리 흉기가 된다.

밤에는 몸의 통증도 몇 배로 커지고 마음의 통증도 괴물 같은 형태로 커지기 마련이다. 돌아가신 엄마 생각이 끝없이 이어지거나 학교 잘 다니고 있는 아들 걱정에 불현듯 몸이 타는 것 같고 오래전 남편에게 받은 상처가 마음을 난도질하는 상태가 된다. 글을 쓰지 못하는 무력감이 갑자기 목을 조르고, 나이 듦이 소스라치게 서글프고, 때론 촛불을 들어야 하는 한 시민의 심란한 마음 때문에도 잠들지 못하곤 했다. 잠들지 못하는 이유는 차고도 넘치는 것.

그러다 새벽에 서성이면 '새벽녘 고요는 뼈도 근육도 없이 그냥 그대로 그린 듯 앉아 있다'는 어느 시 구절처럼 고독했다. 잠들지 못하는 밤 내 머릿속은 오만 가지가 얼크러진 덤불숲인 것이다. 그런 날 내 눈은 하루 종일 흐리멍덩하고 비릿한 느낌까지 난다. 편두통은 덤. 불면의 고리는 이튿날까지 이어져 나를 뾰족하게 곤두세웠다.

하루 종일 몸 노동을 하고, 자기 전 따끈한 우유 한 잔이나 캐모마일차, 대추차를 달여 마시기도 하고, 반신욕도 하고, 5㎎짜리 멜라토닌을 삼켜도 끄떡없는 불면증. 아무래도 갱년기 증상인가 서글펐졌다. 비슷한 증상을 호소하는 또래 여인들이 많았다.

그렇게 1년 넘게 고생하고 있다가 인터넷 서핑을 통해 쿠션감이 좋다는 운동화 한 켤레를 샀다. 새 운동화가 있으니 어쩔 도리 없이 걸어야 하지 않는가. 집 밖에 나가기를 돌같이 여기고 햇빛 보기를 또한 돌같이 여기며 세 걸음 이상은 반드시 승차하는 나로선 과감한 변화였다. 기왕 하는 거 어쩌다 하는 산책 말고 날마다 해가 머리 위에 있는 오후 2시에서 4시 사이에 사정없이 걸어 보기로 큰맘 먹었다. 철천지원수였던 자외선과도 닥치고 화해해 버렸다.

결과적으로 말하자면 불면의 밤이 아주 사라진 건 아니지만 전보다 잘 자고 있다. 요즘 너도나도 한다는 걸음 앱을 깔고 날마다 곰바지런히 걷기 시작한 지 반년. 걷기는 수많은 이들이 예찬했으니 이제 막 걸음마 뗀 내 주제에 더 보태지 않아도 될 테지. 많은 철학자들이 걸으며 생각했고 그들이 걷던 길들은 '철학자의 길'로 이름을 갖게 되어 사람들을 또다시 걷게 만든다. 걷기와 생각하기는 인간의 속성으로 서로 닮았다고 누군가 말했다.

이런 거창한 이유보다 사실, 나의 걷기는 불면증 해결을 위한 고육지책이었다. 이유가 뭐건 간에 걷다 보니 두루 좋다. 해가 떨어짐과 동시에 몸도 마음도 나른해지고 자정 무렵엔 눈꺼풀이 무거워진다. 새벽마다 요물이 낀 잡다한 문제와 진을 빼며 대립하는 바보짓도 줄었다. 걷다가 만나는 한낮의 풍경에 깊은 영감을 느끼기도 하는데 이 부분은 한두 마디로 설명하기 힘든 걷기의 진한 맛이다.

가볍게 걷기가 엄마처럼 날 어르고 달래 재운다. 머리보다 발이 더 잘 안다더니 그 말이 딱 맞다. 머리 쓰지 말고 발을 써서 날 재워야겠다. 일단, 내일도 걷는다!

탈모인 남편의 유쾌한 상상

모두들 벚꽃에 취해 있을 때
눈에 띈 제비꽃과 민들레
몸을 낮추고 고개를 숙여야
볼 수 있는 꽃

조그만 꽃들

나는 아무래도 태생적으로 잔챙이인 것인지 어김없이 작은 것에 끌린다. 천장 낮고 옴팡한 방에 오밀조밀 모여 살던 어릴 적 기억 때문인지 조그만 것들에 아늑함을 느낀다. 작은 강아지들을 보면 좋아서 입이 벌어지고 위 아랫집 사는 꼬맹이들만 봐도 시름이 달아나고 아들네 손자 봐주러 오시는 몸집이 자그마한 앞집 노부부도 참 좋다.

꽃도 마냥 좋아하는데 꽃집에 뭉텅뭉텅 꽂혀 있는 색 진하고 주먹만 한 꽃들보다는 길가다 언뜻 마주치는 아주 작은 꽃들, 이를테면 제비꽃이나 토끼풀 꽃, 민들레나 채송화, 패랭이꽃, 개망초 같은 녀석들이 좋다. 대체로 손톱보다 자그마해서 바삐 지나가면 존재감조차 알릴 수 없는 아이들. 고놈들만 보면 나는 기꺼이 무릎을 꿇고 고개를 숙여 몸을 웅크린다. 하도 여리고 예뻐서 차마 만지지도 못한다.

애써 보아야 보이는 조그만 꽃들. 엄마도 딱 나와 같아서 마당에는 늘 채송화랑 할미꽃이랑 패랭이가 짜르르 피어 있었고 가을에는 노란 소국이 고개를 흔들거리곤 했다. 올망졸망이 국화꽃을 따서 찌고 말린 뒤 작은 유리병 다섯 개에 담아 차를 만들어 주시던 울 엄마. 오 남매에게 줄 유리병들 속에는 작디작은 꽃잎들이 언제나 가득했다. 이제 엄마의 꽃차는 남아 있지 않고 그저 작은 꽃들을 볼 때마다 시린 기억을 떠올릴 뿐이다.

2014년 2월 엄마가 떠나시고 내 마음이 꽁꽁 얼어붙어 감국차를 몇 모금 마시며 겨우 버티던 그해 4월, 수백 명의 아이들이 꽃잎 같은 생명을 떨구었다. 세월이라는 서글픈 이름을 가진 배를 탄 사랑스러운 아이들. 영영 여름으로 가지 못한 아이들.

나는 비극적인 두 사건을 따로 나누어 생각하지 못했다. 엄마라는 절대적 사랑을 상실하고 온몸과 마음이 부서진 상태 위로 다시 아이들이 죽어 간 사건이 해일처럼 덮쳐 어디론가 끝없이 쓸려 가고 있었다. 폐암으로 돌아가신 엄마의 고통이 물속에서 생명을 잃어 가는 아이들의 고통과 맞물려 밤마다 악몽을 꾸고 낮이 되면 쪼그리고 앉아 눈물만 짓무르게 흘렸다. 그 눈물은 지울 수 없는 흉터를 남기

고 말았다.

엄마를 보낸 것도 내 잘못, 어처구니없이 아이들이 물속에 잠긴 것도 내 잘못 같아 몸져누워 버렸던 2014년 4월. 분노할 기력조차 없었던 그때. 이름 모를 한 생명이 스러질 때도 이런저런 이유가 있는 법인데 그 수많은 아이들은 어떤 이유로 떠나가야 했는가, 여전히 우리는 그 진실을 알지 못한 채 살아가고 있다.

누군가는 잊으려 하고 잊어야 한다고 말한다. 그러나 기억해야 할 상처라는 것이 있다. 우리는 인간이기 때문이다. 서로 돕는 마음 '후마니타스'는 죽은 사람을 묻어 주는 일에서 출발한 말이다. 떠나간 이들을 기억하고 존중하고 산 자와 죽은 자가 진실 속에서 쉬도록 하는 것, 비로소 인간이 되는 것.

나는 죽는 날까지 잊지 못할 것이다. 해를 더할수록 질문은 커지며 애절함은 배가 될 것이다. 잊어서야 되겠는가. 세상의 부조리는 꽃잎처럼 웃던 아이들을 영문도 모른 채 앗아 가지 않았는가.

집 앞 산책길에 철을 잊고 제비꽃이 피어 있다. 늦가을 11월에 개나리도 보이고 민들레도 위태롭게 피어 있다. 차마 지나치지 못해 발길을 멈춘다. '어쩌자고 추운데 피었구나' 안쓰럽고 애처로워 꽃잎을 들여다보면 국화를 말리던 엄마의 얼굴이 가만히 보인다. 열일

곱 살의 수많은 아이들 얼굴이 꽃잎 위에 포개진다. 한 조각 꽃잎이 져도 봄빛이 깎이나니… 두보의 시가 가슴을 노랗게 물들인다.

반드시 자세를 낮추고 무릎을 굽혀야만 볼 수 있는 조그만 꽃들을 사랑하는 이유다. 세월이 흐르고 바람이 아무리 세차게 분대도 작은 꽃들은 반드시 피어나 생명을 이어 간다. 그날의 기억도 꽃처럼 반드시 피어나 나를, 우리를 고개 숙이게 할 것이다.

왜 나는 조그마한 일에만 분개하는가

옹졸하게 욕을 하고

찾아오는 야경꾼들만 증오하고 있는가

아무래도 나는 비켜서 있다

모래야 나는 얼마큼 작으냐

김수영의 시 <어느 날 고궁을 나오면서> 편집

지우개툰

해묵은 나의 지적 허영심 네 상자와 오늘 이별했다

잘 가, 나의 허세!

얼마 전 책 정리를 했다. 오랜 전세살이에 잦은 이사 때마다 버리고 또 버렸으나 책은 질량 보존의 법칙을 가졌는지 늘 산더미. 왜 책의 양은 그대로인가 혹은 늘어 가는가 나름 분석해 보았다. 사실, 답은 진즉에 알고 있다. 내 안에서 동충하초처럼 자라 있는 것, 차마 떼버리지 못해 퀴퀴한 냄새가 나는 그것, 그것은 책이 아니라 바로 나의 지적 허영심이다.

문학을 전공한 대학 동기 우리 부부는 다투듯 책을 사들이며 묘한 경쟁심을 가졌다. 온갖 문학잡지는 기본이고 문학상을 받은 책은 따끈할 때 사서 끼고 다녀야만 폼이 난다고 믿었다. 희곡을 좋아했던 나는 사뮈엘 베케트와 아서 밀러의 책을, 시를 좋아했던 남편은 보들레르와 곽재구의 책을 사 은근히 뻐겼다. 속으로 '문학 좀 한다 하는 애들은 다들 이 정도는 읽어 줘야…'라며 소인배의 자세를 꿋꿋하게 유지하던 시절이었다. 가방이 있어도 넣지 않고 굳이 손에 들고 다녔고 지하철에선 여봐란듯이 펼친 채 읽히지도 않는 문장에 멍청한 눈길을 주다 끝내 흐르는 침을 몰래 닦던 그때. 그때 산 책들은 이제 누리끼리하고 건드리면 곧 부서질 것만 같은 유물이 되어 아직도 우리의 책장에 서 계신다.

맘먹고 책들을 살펴보니 남편이 산 책들은 참으로 대단했다. <기호학> 책은 왜 꽂혀 있는 것인지, <현상학적 심리학 강의>는 여태 책꽂이에서 뭘 하고 있는 건지, 질 들뢰즈의 <대담>은 본인조차 당최 산 기억이 없다고 하고 <정신병리학의 기초>라는 다소 뜬금없는 책까지. 맥락 없는 책 사재기의 현장이었다.

어느 책의 맨 앞 장에는 이렇게 쓰여 있다.

1993. 5. 인생의 한 페이지를 접으며 5월 어느 날. 곳곳에서 죽음의 냄새가…

아마도 그는 5·18을 슬퍼했거나 자신의 정신을 매우 심각하게 병리학적으로 포장하고 있었나 보다. 자기는 기형도와 이상처럼 요절할 예정이라며 가소로운 입방정을 떨던 남편. 연애할 때 추위에 손등이 시퍼레져도 기필코 심상치 않은 제목을 가진 책들을 들고 오던

남편. 게다가 더 못 봐주겠는 건 어디서 얻었는지 출판사 봉투를 항상 가지고 다녔다는 거다. 보통 작가들이 원고를 두툼하게 넣어 가지고 다니던 그 봉투. 작가 코스프레하던 봉투 안에 쥐포와 오징어가 들었다는 건 나만 아는 사실. 그렇게 허세 대폭발하던 남편이나 그를 좋아했던 나나 생각해 보면 딱 한 쌍이다.

어쨌든, 우리는 그 징글징글한 책들을 박스에 과감히 정리했다.

"이제 저 유물들을 정의의 이름으로 처치하자."

우리 부부는 서로 무지함을 당장 인정하고 의기투합했다. 옆구리 끼고 다니기용으로 마련했던 30년 가까이 된 책들. 집에 놀러와 책꽂이부터 훑는 이들에게 보여 주기용으로 박아 두었던 녀석들. 그 사람의 서재를 보면 그 사람이 누군지 알 수 있다는 불편한 명언 때문에 끝내 모시고 있었던 책들. 그것들을 정리하면서 입속의 치석을 제거하는 듯 개운함을 느끼고 말았으니 그건 한때 머리에 든 거 많아 보이고 싶던 강박에서 벗어났다는 걸까. 그동안 벗어나고 싶었던 걸까.

"자기야, 기호학이란 무엇일까?"

밑줄 하나 없이 깨끗하고 노르스름하게 바랜 책을 보며 남편에게 한마디 던졌다.

"음… 기호학이라… 그게… 기호학이란 말이지, 그러니까… 자기야, 근데 오늘 저녁 모 먹을꼬얌?"

"하하하, 이런 무식함 너무 좋아."

우리는 껄껄 웃으며 기호학을 미나리와 함께 구워 쌈 싸 먹기로 했다. 그래도 딱 두 권, 맨 처음 대학 들어가 각자 산 이태준의 <문장강화>만큼은 고이 간직하기로 합의했다. 문학청년을 꿈꾸던 우리의 파릇한 기억 하나 남겨야 하니까.

우린 한때 지적으로 보이고 싶어서 안달이 나 있었고 그 치기 덕분에 뜨거운 문장도 더러 만났을 것이다. 엄마의 젖가슴에 파고드는 아기처럼 우리는 책에 얼굴을 파묻고 비볐다. 이제 그 시절이 지나고 보니 내가 알게 된 사실이 하나 있는데, 그건 우린 아무것도 모른다는 것을 알게 되었다는 것!

코딱지만큼 안다고 해서 행복한 것도 아니고 뭘 모른다고 불행한 것도 아니라는 심플한 진실. 심지어 안다고 생각했던 그것조차 진실이 아닐 때도 있다. 생의 한가운데를 가로질러 후반으로 가고 있는 지금은 도리어 알 수 없어서 인생이 묘하게 아름답다는 생각이 든다. 그러니 앎에 대한 조선간장, 묵은지 같은 욕망과 꿉꿉한 허세와 쓰잘머리 없는 불안감과 이제 쿨하게 이별하련다.

"잘 가, 나의 허세!"

그깟 상추
천 원어치
사 먹고 말지

상추들의 인생에 대해
나와의 관계에 대해
함부로 말하지 마세요!

상추도 귀 있어

결혼하고 22년째 아파트살이. 한순간도 마당 있는 집을 꿈꾸지 않은 적이 없다. 돈 문제, 남편 직장 문제, 아이 학교 문제가 고만고만하게 얽히다 보니 지금도 아파트 14층에서 창밖만 빤히 내다보는 나날을 보내고 있다.

마당에 대한 나의 애착은 아무래도 과수원에서 유년 시절을 보내서인가 보다. 눈에 보이는 곳마다 과일나무와 푸성귀 천지여서 장을 볼 것도 없었다. 여덟 살쯤이었던가. 엄마가 하는 걸 가만히 봐 뒀다가 혼자서 조막만 한 손으로 상추며 애기열무를 뜯어다 설렁설렁 씻어 고추장에 휘리릭 무쳐 먹기도 했다. 어린 것이 들기름까지 곁들여 무쳤으니 야무지기도 하지.

그 들기름 향과 식감이 아직 내 입속에 남아 있는 걸까. 아기자기한 상추를 골라 뜯던 내 손이 기억하고 있는 걸까. 나는 차곡차곡 쌓여 있는 풍성하고 새파란 머릿발의 마트 상추가 때로 위협적으로 느껴진다.

씨앗을 뿌려 집에서 키우는 상추들은 마트 상추와는 사뭇 다르다. 마트 상추가 손바닥보다 크다면 화분에 씨 뿌려 크는 상추는 여린 아기 손바닥만 하고 오종종하다. 삼겹살을 쌀 만큼 자라기도 힘들다. 얹어 먹는 수준이랄까.

나는 몇 년 전부터 화분에 상추씨를 뿌려 키워 먹고 있다. 모종을 심으면 후딱 자라 먹을 수 있지만 굳이 씨앗을 사서 애면글면 키워 얼마 안 되는 상추를 겨우 먹는다.

"저것들 자라기 기다리다 허리 꼬부라지겠네."

"천 원어치면 한 봉다리야. 사다 먹는 게 백 번 낫지."

세상 깔끔하고 효율 따지는 남편의 지청구도 나는 묵묵히 이겨낸다. '그래, 당신은 떠드세요, 상추가 들을까 무섭네. 나는 이 아이들 크는 재미로 살아.' 속으로 시부렁대며.

그가 알 리가 있을까. 씨를 뿌리고 그 위에 흙을 살살 덮고 흙을 적셔 주고 날마다 들여다보는 재미를. 몇 날 며칠 쪼그려 앉아 들여다보면 어느 날 삐죽 흙을 뚫고 있는 상추 싹을 처음 만난 날을. 해가 드는 쪽으로 BTS 칼군무처럼 쪼롯이 기우는 초록 아기들을. 저절로

손이 가 쓰다듬게 되는 여릿여릿한 상추 친구들과 나의 고요한 관계 맺음을 그가 알 리가 있는가.

사실, 상추 입장은 모른다. 씨앗으로 남아 있기를 원하는가, 내게 와서 흙에서 한 세월 어른으로 자라 짧은 생을 살다 가고 싶은가. 어미처럼 친구처럼 한 달 남짓 키워 얌생이꾼처럼 뜯어 먹으며 그런 생각도 잠깐 해 봤다.

어쨌거나 앞으로도 남편의 구박에 굴하지 않고 키우는 재미 먹는 재미 놓지 않을 것이다. 그 쬐고만 것들 생각하면 쓴입에 침이 고이고 인생이 텁텁하다가도 한순간 달콤하게 느껴지니까 말이다.

아파트 거실에도 가을이 온다
자리를 내주고 떠나는 누런 이파리들
이른 아침 낙엽을 쓰는 나는
행복한 아파트 마당쇠

지우개툰

내가 말한다
"마음이 많이 아파."
나무가 대답한다
"쉬다 가렴."

나의 카카오나무

소설 <식물들의 사생활>(이승우)에는 휠체어를 타는 한 남자(우현)가 나온다. 그는 숲으로 산책 가기를 좋아한다. 그는 깊은 숲을 보며 말한다.

"…저 속으로 들어가서 하늘만 아니라 시간까지도 떠받치고 있는 그 거대한 물푸레나무를 만져 보고 싶다는 꿈을 꾸곤 해."

소설 <채식주의자>에도 나무가 되려는 한 여자가 물구나무를 선다. 나는 이 두 작품을 아끼고 아껴 가며 애지중지 읽어 갔다. 우현의 표현대로 숲속에서 몸 비비며 어우러져 사는 나무와 풀들, 흙과 짐승들을 상상하며. 두 작품은 나를 원시적 상태의 모호한 기분에 사로잡히게 했다. 머리에서 풀이 곤두서는 전율을 느꼈다.

내게 나무가 있다. 10년 전 아는 분에게 씨앗 하나를 받았다. 작두콩만 한 씨앗의 정체는 카카오. 초콜릿은 주야장천 먹어 댔으나 그 열매 카카오는 생각해 본 적도 없고 하물며 나무는 듣도 보도 못한 무지렁이였다. 별생각 없이 씨앗을 받아 와 별 기대 없이 소창에 싸 따뜻한 곳에 촉촉한 상태로 두었더니 맙소사, 며칠 뒤 싹이 삐죽 나와 있었다. 씨앗은 별일 없다는 듯 매초롬하고 건강한 싹을 틔워 냈다.

발아 씨앗을 화분에 심고 한 달쯤 지났을까. 녀석이 초록 잎을 틔우며 올라오기 시작했다. 카카오잎과 눈이 마주친 순간 저절로 입이 벌어지고 말았다. 카카오나무는 기적같이 내게 왔다. 그 후로 10년이 흘러 나무는 거실 천장까지 자라났다.

카카오가 자라는 동안 두 번 이사를 했고 초등학생이던 아들은 대학에 갔으며 엄마를 하늘나라로 떠나보냈고 나는 갱년기를 맞아 휘청거리다 지우개를 파며 그럭저럭 살아가고 있다. 한마디로 카카오랑 나는 깊숙한 사생활을 나누는 사이인 셈이다.

식물을 좋아해서 거실의 해 드는 쪽은 식물들로 가득 채운 우리 집. 그 가운데서도 카카오나무의 위용은 대단하다. 카카오는 이파리가 무척 커서 여름에는 제법 그늘도 드리운다. 덕분에 나무 아래 의자와 테이블을 놓고 차 마시는 장면을 연출하기도 한다. 초록 지붕 같은 카카오 이파리가 주는 충만한 느낌은 뭐랄까, 오래전 떠나신

아버지 같고 엄마 같고 그렇다.

지독하게 슬퍼서 마음이 정처 없이 떠돌 때마다 나는 어린아이처럼 카카오나무 아래 가만히 앉는다. 곁에 있는 남편도, 내 속으로 낳아 죽을 만큼 사랑하며 키운 아들도 때로 낯설어 그들 앞에서 솔직해질 수 없을 때, 오직 나를 모두 벗겨 속살을 보여 줄 수 있는 생명이 있다면 단 하나, 나의 카카오나무.

커다란 이파리들이 내 머리에 가만히 푸른 손을 얹어 줄 때마다 나는 크나큰 위로를 받는다. 그저 우렁우렁 크고 든든하고 말이 없는 나의 카카오나무가 내겐 하늘을 떠받치고 있는 거대한 물푸레나무다. 푸석한 아파트 안 거실에 숲을 깃들게 해 준 위대한 자연의 연결자이다.

숲이 '생각'한다는 말이 있다. 관계의 살아 있는 그물망에서 나무는 생각하는 생물이다. 카카오나무는 나와의 오랜 관계 속에서 아늑하게 가지를 뻗어 주고 풍성한 잎을 내주고 있는지도 모르겠다. 내 마음이 공명을 일으켜 나무에 닿는다고 믿는다.

누군가 쓸쓸하거나 마음이 시리거나 사랑하는 이와 이별을 했다면 나무 한 그루 키워 보라고 꼭 당부하고 싶다. 낯선 여행지에서 레몬티 한 잔 그럴듯하게 마시는 느낌을 갖고 싶다면 나무 한 그루 키워 보라고 추천하고 싶다. 어디에도 털어놓을 수 없는 비밀을 나누고 싶은 친구가 필요하다면 더더욱 나무를 키워 보시길. 나무랑 친구 맺기, 정말 해 볼 만하다!

소설 <식물들의 사생활> 속 아버지의 말을 음미하며 나의 카카오나무를 바라본다. "식물의 피부는 너의 손을 통해 너의 마음을 지각한다."

딱 두 걸음

산책하다 보면 이런저런 풍경을 만나게 된다. 지난 태풍에 뿌리가 허옇게 드러난 채 드러누운 나무들을 보면 내 잇몸이 시릴 만큼 애처롭다. 도로 세워 심으려면 예산이 만만치 않을 테니 그저 모른 척 외면당한 나무들은 천천히 죽어 가고 있다. 죽은 나무는 처리하기가 쉽기 때문일까. 관리실에 전화해 보니 일단 계획이 없다고 잘라 말한다.

나무에서 조금 떨어진 곳에는 까치 둥지가 있었는데 나무가 꺾이며 떨어져 버린 듯했다. 태풍은 사람에게나 까치에게나 조금씩 흔적을 남기고 사라졌지만 왠지 그 까치집은 몇 달이 지난 지금까지도 이따금 내 머릿속에서 쓸쓸하게 굴러다닌다.

오다가다 올려다본 둥지를 실제로 보니 생각보다 훨씬 크고 찌부러진 데 없이 단단했다. 피복이 벗겨지지 않은 전선이나 빨대 쪼가리, 플라스틱이 사이사이 보였다. 둥지 재료만으로도 동물들에게

이 환경이 얼마나 살기에 팍팍한지 알 수 있다. 그럼에도 불구하고 어찌나 촘촘하고 안정적으로 엮어 만들었는지 모든 새들은 건축가가 아닐 수 없다. 어미 새가 수천 번 물어 날랐을 테니 새들에게도 내 집 마련은 참 수고로운 일일 것이다. 여린 깃털들이 군데군데 박혀 있던 걸로 보아 새끼들이 있던 둥지가 아니었을까 짐작해 보았다.

집을 하루아침에 잃고 까치 일가는 어디로 떠나갔을까. 자연이 하는 일에 마음 툭툭 털고 의연하게 새집을 찾아냈겠지. 지금쯤 어딘가에 새 보금자리를 잡아 생명을 이어 가고 있었으면 하는 바람이 들곤 한다.

그곳을 지나 공원 초입에 들어서면 내 눈에 잡히는 씁쓰레한 풍경이 하나 더 있다. 사람들은 기역 자로 잘 닦인 블록 길을 두고 굳이 잔디를 밟아 사선의 지름길을 내 놓았다. 잔디는 거의 사라져 버리고 붉은 흙이 드러나 있다. 무심하게 낸 지름길은 아주 짧은 거리에 지나지 않아 볼 때마다 나는 고개를 갸웃하곤 한다.

갑자기 부아가 나서 내 걸음으로 계산을 해 보았더니 딱 두 걸음 차이가 났다. 두 걸음 빠르게 가기 위해 그 예쁜 잔디와 사이사이 피어나는 작은 꽃들을 으깨 버렸단 말인가. 신도시의 초록을 담당하고 있는 잔디밭이 군데군데 이런 식으로 구멍이 나 있다.

길은 사람과 자연 사이에 약속 같은 공간이다. '우리는 이곳으로 다닐 테니 너희들은 길이 아닌 곳에서 무성하게 살아가렴'이라는 약속. 굳이 잔디의 영토에 첫 길을 낸 사람에게 묻고 싶고 그 뒤를 따라 생각 없이 풀들을 지르밟아 살 수 없게 만든 사람들에게 묻고 싶다. 딱 두 걸음 서둘러 푸른 생명을 짓밟고 당신이 가려고 하는 곳은 어디인지요?

무심하게 잔디를 으깬 이들의 밉살스러운 발걸음을 생각하며 산책을 이어 간다. 물론 이런 장면은 극히 일부분. 대체로 형용하기 어려울 만큼 푸르고 아름다우며 아기자기한 생명들이 내 곁에서 살아가고 있다. 이 생명들을 위해서 아무것도 안 해도 좋으니 그냥 딱 이것만 해 줬으면 좋겠다. 우리는 우리의 길로 다니기! 걸으며 고대해 본다.

<시금새금 마을의 로링야> 박미라 글 · 홍선주 그림, 시공주니어, 본문 22쪽.

조카의 창

스물네 살 조카 짱이. 아들에게 젖을 물리고 있으면 문 뒤에서 얼굴을 빼꼼히 내밀고 군침을 흘리던 세 살짜리 아이. 그럴 때마다 품에 안아 젖을 물렸던 딸 같은 조카 짱이가 몇 년 동안 시들시들했다.

아이는 첫 입시에 실패하고 두 번째 입시도 스스로 기대한 만큼 결과를 내지 못해 결국 원치 않는 대학과 과를 지원해 떠밀리듯 대학생이 되었다. 아니나 다를까 여느 아이들처럼 대학 생활을 즐기지 못하는 눈치였다. 어디에도 마음을 붙이지 못하고 용돈을 벌겠다며 여기저기 아르바이트를 하던 짱이는 자주 전화해 우울감을 털어놓곤 했다.

그러던 아이가 갑자기 휴학을 하고 신림동 고시촌으로 향했다. 노무사가 될 준비를 하겠다고 했다. 국가고시 합격자에게 대학에서 학비를 전액 지원해 준다는 것이 이유였다. 스스로 잘한 일도 없고 부모님께 미덥지 못한 딸이지만 등록금은 해결해 보고 싶다는 아이의 말에 나는 마음이 복잡했다.

첫 시험에서 낙방하고 재도전하겠다며 2년째 신림동 생활을 하는 조카를 찾아갔다. 예상했던 대로 신림동 고시촌은 학원과 원룸촌과 편의점들이 좁은 골목 사이사이에 조악하게 자리 잡아 묘하게 쓸쓸한 분위기가 흘렀다. 카페에서 만난 조카는 나를 보자마자 안기며 대뜸 얼마 전 이사한 방 자랑을 했다.

"이모 대~박. 이번에 이사한 원룸 엄청 좋아요. 살 것 같아요. 창문이 대박 커요."

아이가 눈을 동그랗게 뜨고 자랑한 대박 큰 창문의 사이즈는 가로 세로 80㎝ 정도 되는 모양이었다. 아이의 말을 듣고 내 가슴속에서 무언가 쿵 소리를 내며 바닥으로 곤두박질쳤다.

무엇이 스물네 살짜리 청년을 그토록 쓸쓸하고 메마른 곳으로 떠나게 했을까. 가만히 있어도 빛나야 할 아이의 얼굴에서 윤기를 거두어 갔을까. 청년들의 불안함을 담보로 학원 간판은 유일하게 빛나고 그들의 어깨에 늘어진 에코백 속에는 꿈을 저장한 듯 보이는 교재들이 가득했다.

짱이는 가끔 출몰하는 바퀴벌레를 잡으며 몸을 떨었고 부실한 식당 밥을 먹으며 위장이 상했다. 문득 찾아오는 시커먼 두려움에

마음이 짓눌린다고 했다. 무엇보다 지독한 외로움이 힘들다고 했다. 합격한 이들이 떠나고 남은 이들은 입을 닫는 초겨울이 되면 마음이 시려 견딜 수 없노라고. 그런 아이에게 작은 창은 희망 같은 존재가 되었나 보다.

맑을 리 없는 고시촌의 텁텁한 바람이 창을 통해 불어와 아이의 머리칼을 훑고 지나갔겠지. 딱 한 줌 볕이 겨우 들어와 아이의 어깨에 내려앉았겠지. 작은 창문을 열며 맥없이 가라앉는 희망을 어떻게든 붙잡으려 했겠지.

나는 아이에게 그리고 그곳의 모든 청년들에게 미안해 마음이 무거웠다. 우리 세대가 좀 더 잘했어야 하는데. 그들이 올라야 할 사다리가 위태롭고 삐걱거리는 현실을 물려주었다는 빚진 마음이 들었다. 작은 창문보다 못한 부끄러운 어른이라 고개를 뚝 떨어뜨리고 말았다.

조카와 헤어지며 오만 원짜리 한 장을 주머니에 구겨 넣어 주었다. 아이는 또 대~박이라며 봄 햇살보다 더 화사하게 웃어 보였다. 나는 한동안 으스러지도록 아이를 끌어안고 고작 "아무 때고 전화해"라는 헐렁한 한마디만 했다. 그들의 불안함을 어설프게 위로할 수도 없고 그들의 희망을 함부로 얘기할 수도 없는 참 못난 어른이 아닌가. 젖은 눈시울을 겨우 감춘 채 학원으로 가는 조카의 뒷모습을 그저 바라보았다.

그곳 고시촌을 오고 가는 청년들이 부디 행복하기를 기도한다. 그들이 가려는 곳이 어디건 그곳이 평등하고 안전하기를 바란다. 그들이 가진 창의 크기는 다를지언정 햇살만큼은 공평하게 고루 비치길. 마침내 꿈을 이룬 그들이 전망 좋고 예쁜 창문이 있는 집으로 가게 된다면 따뜻한 차 한 잔 내려 주겠다고 속절없는 약속을 하고 말았다.

지금 내 꿈은 딱 요만해
무용한 것들…
꽃, 바람, 하늘, 웃음 속에서
발을 까딱이며 빈둥대기!

지우개툰

어른이 여러분,
이제
지우개를 파 봅시다!
왜들 그리 다운돼 있어
아무 지우개나 파~

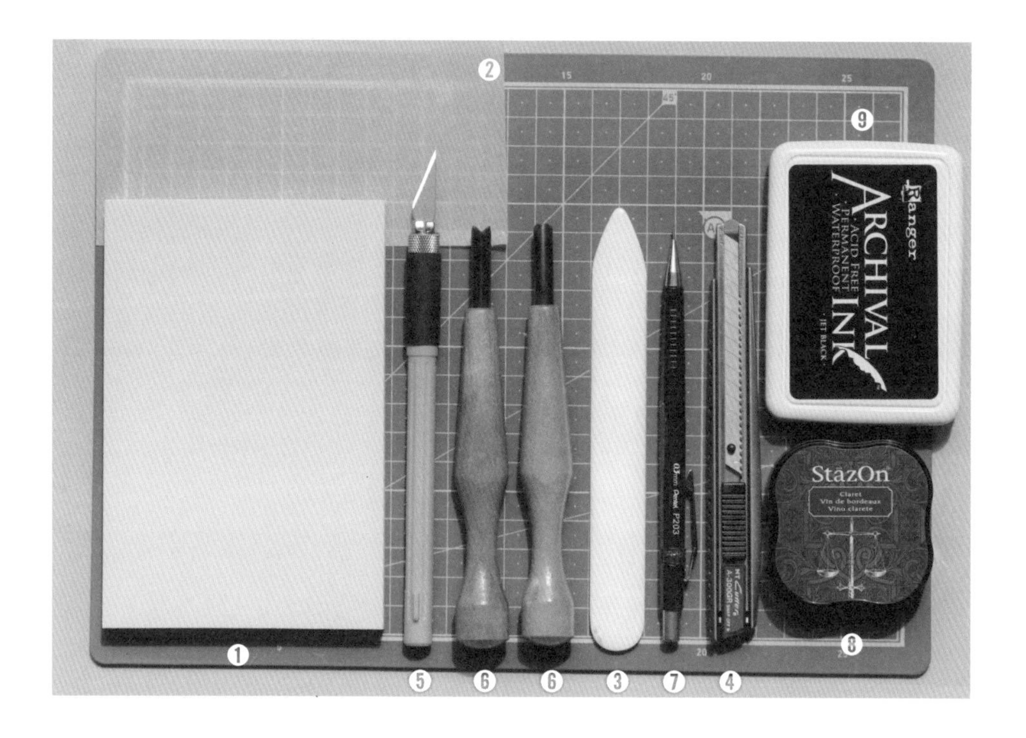

재료와 도구

❶ **지우개** 일반 지우개도 가능하지만 좀 더 크고 정교한 모양을 파고 싶다면 스탬프조각용 지우개를 사용합니다.

❷ **트레이싱페이퍼** 원하는 도안 위에 트레이싱페이퍼를 대고 그린 뒤 뒤집어 지우개 위에 옮길 때 사용합니다.

❸ **본 폴더** 트레이싱페이퍼에 있는 도안을 지우개에 문지를 때 사용합니다.

❹ **칼** 지우개를 자를 때 사용합니다.

❺ **아트나이프** 지우개 파기의 필수품! 칼날의 크기에 따라 다양한 제품이 있으니 자기에게 맞는 아트나이프를 고릅니다.

❻ **조각도** 선을 팔 때는 v자 조각도를 쓰고, 넓은 면을 파낼 때는 u자 조각도를 씁니다.

❼ **샤프** 정교한 도안을 그리기 위해 연필보다 샤프를 추천합니다.

❽ **커팅매트** 칼을 사용하는 작업이기 때문에 안전을 위해 꼭 사용합니다.

❾ **잉크패드** 종류가 무척 다양합니다. 본문에는 주로 발색이 선명한 Archival과 Stazon을 사용했습니다. (재료와 정보는 www.stampmama.com에 있습니다.)

How to...

❶ 트레이싱페이퍼에 도안을 옮긴다. 이때 나무의 위와 아랫부분을 분리해 따로 옮긴다.

❷ 지우개 표면을 닦아 이물질을 없앤 후 트레이싱페이퍼를 뒤집어 지우개 위에 놓고 문지른다.

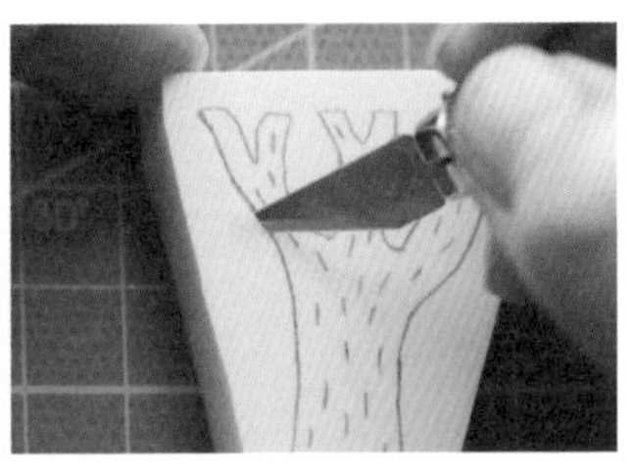

❸ 3㎜ 정도 여유를 두고 도안 주변을 칼로 자른 뒤, 칼을 사선으로 밀어 넣어 선을 따라 자른다.

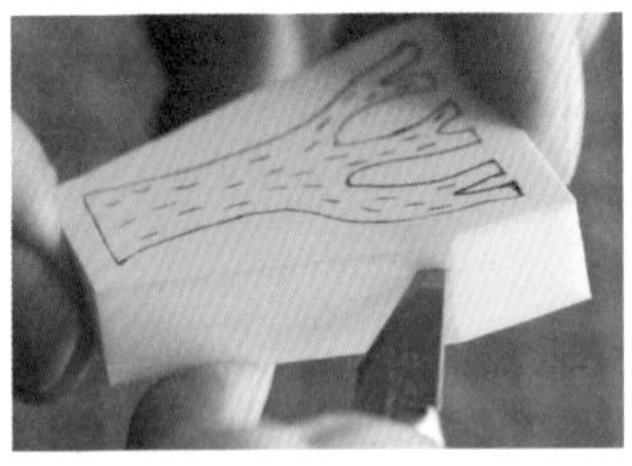

❹ 옆면에 칼끝을 밀어 넣어 돌려가며 여백을 잘라낸다. 잘라 낼 여백이 많으면 칼끝을 깊이 넣는다.

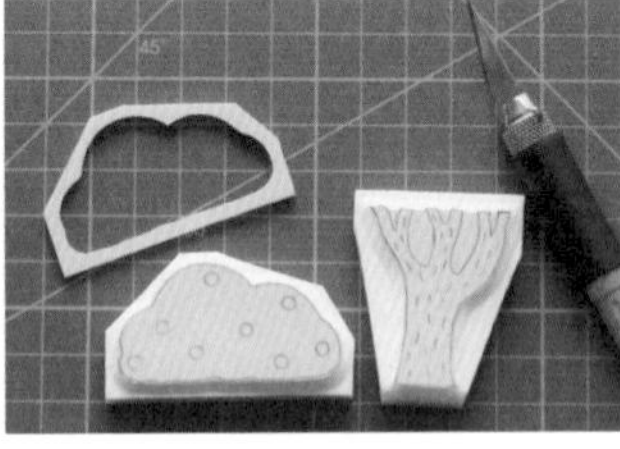

❺ 선 주변의 여백을 잘라 낸 모습. 나뭇가지 윗부분은 사진처럼 자른 뒤 내부를 각각 파낸다.

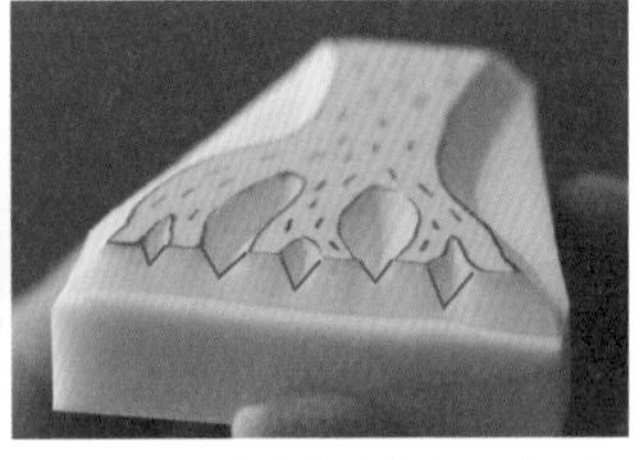

❻ 파내고 나면 측면에서 볼 때 v자 형태의 홈으로 파인다. 지우개 파기의 핵심은 바로 v자 홈으로 파기!

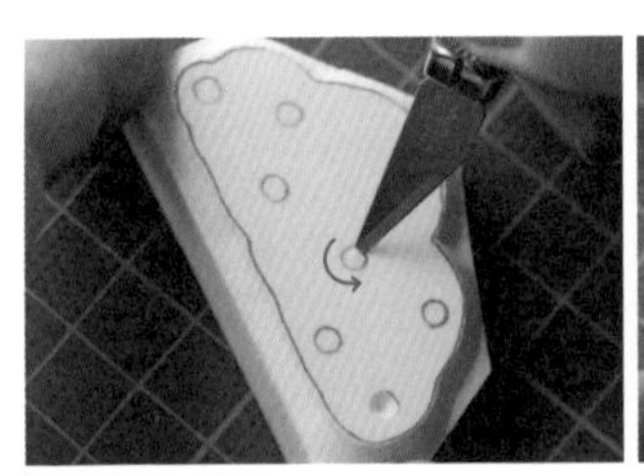

❼ 원형을 팔 때는 칼끝으로 찌른 뒤 지우개를 돌려가며 파낸다. 화살표 방향으로 지우개를 돌린다.

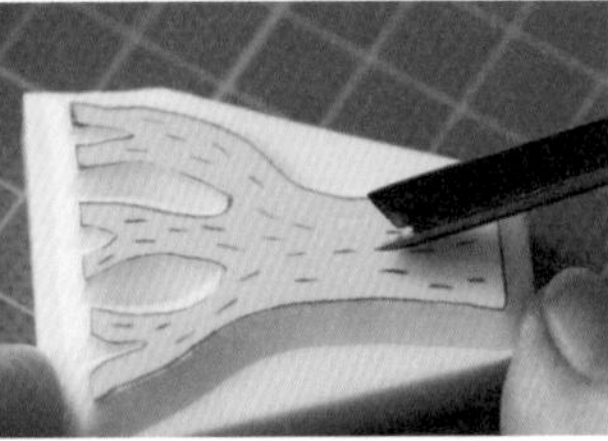

❽ v자 조각도로 나뭇결을 판다. v자 조각도가 없다면 아트나이프로 파는데, 선도 v자 홈으로 판다.

❾ 점선 부분은 반듯하게 자른 뒤 잎을 먼저 찍고 경계선을 맞춰 줄기를 잉크로 찍는다.

How to...

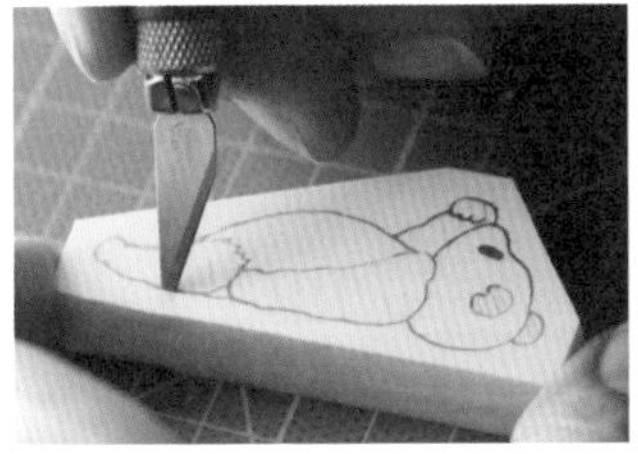

❶ 도안을 지우개에 옮기고 형태 주변을 자른 뒤 칼을 사선으로 밀어 넣어 선을 따라 자른다.

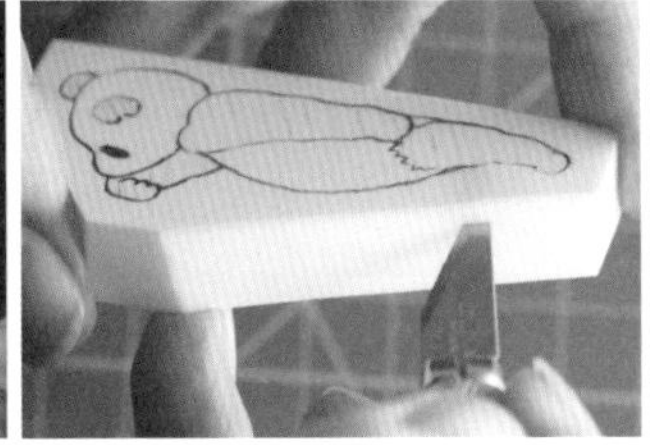

❷ 판다를 선에 따라 모두 자르고 난 뒤, 여백에 칼을 수평으로 밀어 넣어 돌려 가며 자른다.

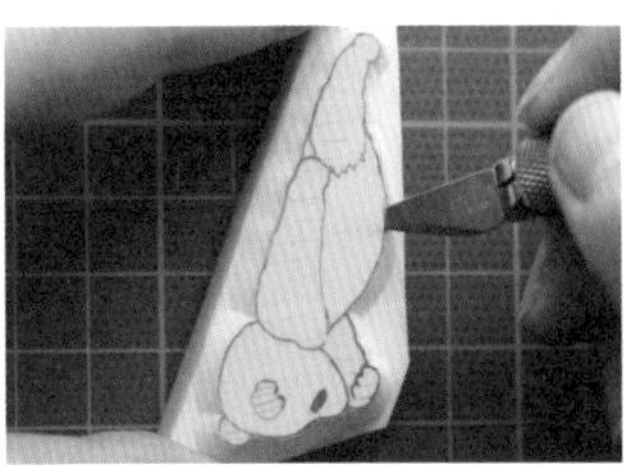

❸ 배 부분은 v자 형태로 도려낸다. 그래야 찍을 때 지우개가 불안정하게 흔들리지 않는다.

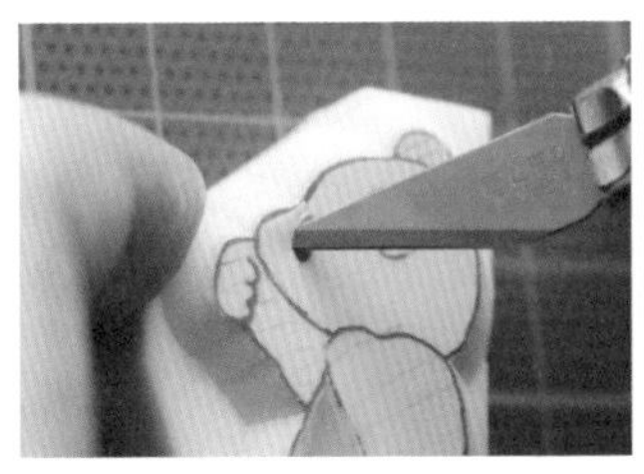

❹ 눈 주변을 따라 자른다. 이때도 칼을 사선으로 비스듬히 눕혀 자른다.

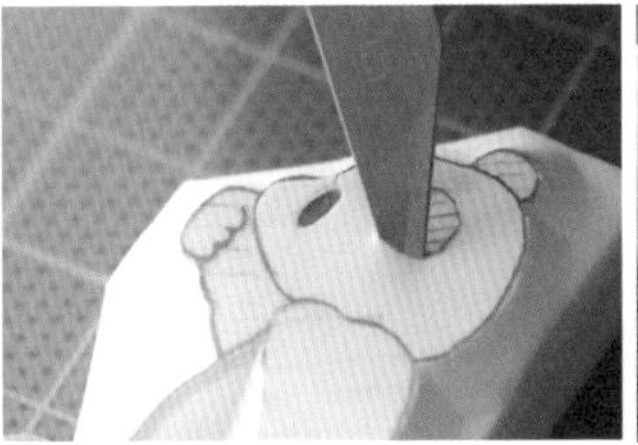

❺ 지우개를 돌려 가며 귀 모양을 따라 칼로 도려낸다. 둥근 형태는 칼보다 지우개를 돌려가며 파는 것이 좋다.

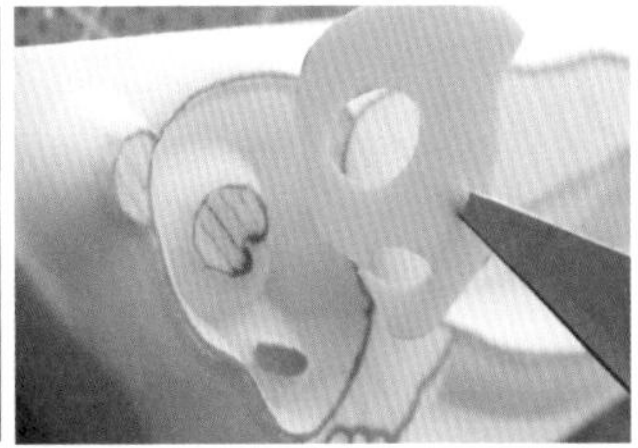

❻ 얼굴 안쪽 선까지 모두 파면 사진과 같이 v자의 골짜기 형태 홈이 파인다.

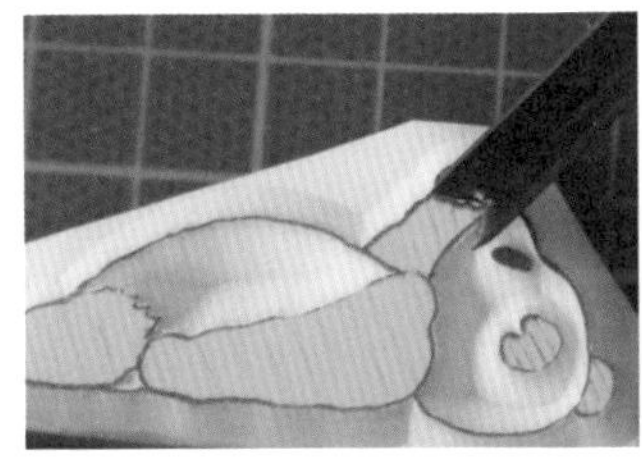

❼ 손은 v자 조각도로 판다. 조각도 대신 칼로 선을 오려도 된다. 이때도 v자 파기!

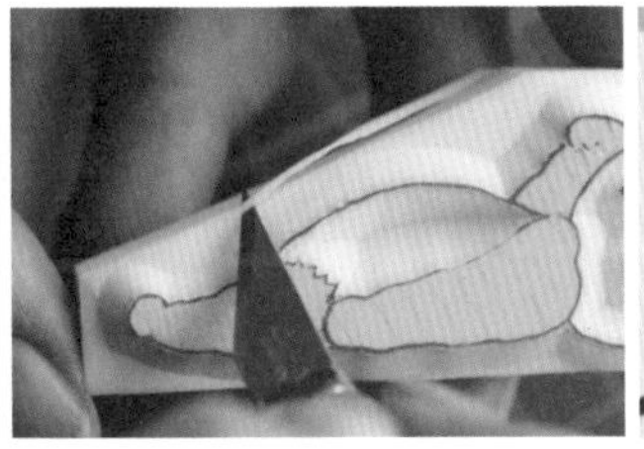

❽ 모두 파고 나면 모서리 부분을 깔끔하게 정리한다. 각이 진 둘레도 부드럽게 굴리듯 정리한다.

❾ 찍고 난 뒤 풀을 그려 넣거나 말풍선을 넣어 사랑스러운 장면을 만들어 본다.

큰 단추는
다양한 색지에
찍어 보세요.

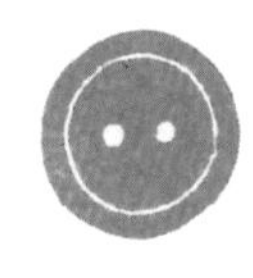

선물 보자기의 점은
샤프로 찍습니다.

색이 있는
부분은 따로
파서 찍습니다.

Just for you

튤립의 꽃 부분과 줄기는
따로 파서 찍어야 선명합니다.

잼있게 사세요~

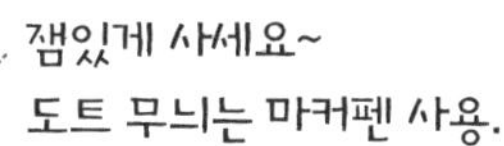

도트 무늬는 마커펜 사용.

저고리 안의 도트 무늬는
마커펜으로, 신발 위의 그림은
펜으로 그렸습니다.

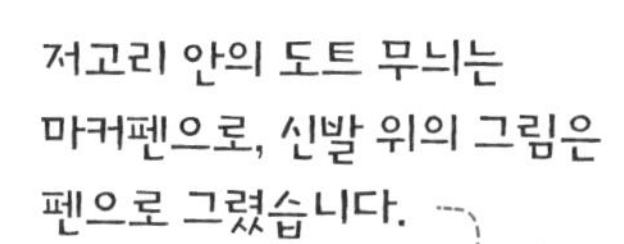

도안이를 낳아줘서
고마워 ♥
- 이모가
Just
for you
Just for you

Present
Jam
Just for you

FOR earth

북극곰이 편안하게
낮잠 잘 수 있는 세상이
되기를 기원합니다.

잉크를 면봉에 묻혀 문질러서
북극곰의 볼 부분을 표현했습니다.

정원을 가꾸는 그녀가 아름답습니다.
도안을 자유롭게 응용하셔서
나만의 이야기를 만들어 보세요.

수레의 바퀴는
따로 파서 찍습니다.

문양은 따로 파서 찍습니다.

스웨덴의 그릇 디자이너 Marianne Westman의 그릇을 모티브로 하였습니다.
한낮의 티타임을 즐기세요~

계절에 따라
나뭇잎이나 꽃잎을
채워 보세요.

복사꽃

고양이의 속마음은 당최 알 수가 없어요.
녀석이 뭘 보고 있는지
자유롭게 그려서 파 보세요.

괜찮아,
아무것도

story
for garden

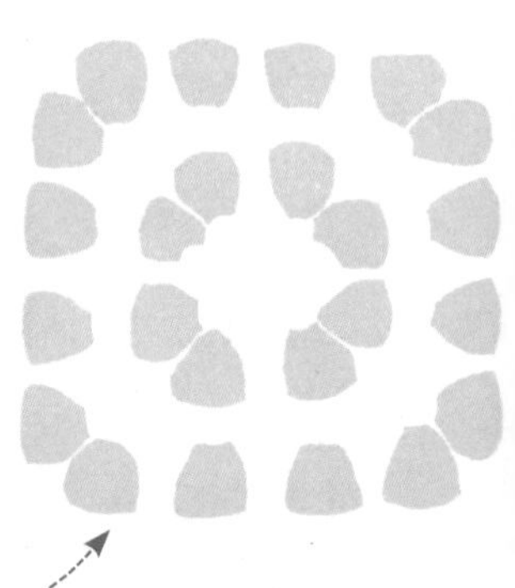

크로셰 도안입니다. 두 개의 지우개를 파서 겹쳐 찍습니다.
지우개 뒷면에 방향을 표시해 두면(↕) 일정하게 찍을 수 있어요.

book

고서의 책등 부분은
각각 따로 파서 찍습니다.

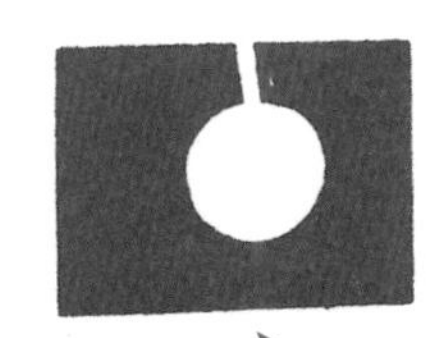

깊이감을 주기 위해
따로 파서 찍습니다.

타자기 종이 부분에
자신의 이름을 써
넣으면 훌륭한 명함이
될 거예요.

book
EX-LIBRIS
mira
EX-LIBRIS
mira